〔一〕脩

〔二〕庚

集韻卷之四

翰林學士兼侍讀學士朝請大夫尚書左司郎中知制誥判秘閣兼判太常禮院群牧使柱國濟陽郡開國侯食邑一千一百戶賜紫金魚袋臣丁度等奉敕〔一〕脩定

平聲四

庚〔二〕第十二居行切與耕清通　耕第十三古莖切

清第十四親盈切　青第十五倉經切獨用

蒸第十六諸仍切與登通　登第十七都騰切獨用

尤第十八于求切與侯幽通　侯第十九胡溝切

〔一〕庚

〔二〕日

〔三〕賡

〔五〕鬻鬲

幽第二十於虯切　侵第二十一千尋切獨用

覃第二十二徒南切與談通　談第二十三徒甘切

鹽第二十四余廉切與沾嚴通　沾第二十五他兼切

嚴第二十六魚杴切　咸第二十七胡讒切與銜凡通

銜第二十八乎監切　凡第二十九符咸切

十二○庚〔一〕居行切說文位西方象秋時萬物庚庚有實也一曰道也〔二〕十曰名也亦姓文二十二　賡〔三〕續也　更說文攺也一曰歷也償也　秔稉粳說文稻屬或作稉粳　𩱧〔五〕䰜羹𦞦說文五味盉𩱧也引詩亦有和𩱧或作䰜𩱧羹亦从肉　鶊鶊

〔八〕从石

〔九〕脝

〔十七〕衡　奧

鶬鳥名鶩黃也或从隹　郪邑名在琅邪　⿺辶更⿰⻊更兔逕或从足　⿱艹庚艸名　埂

秦晉謂坑爲埂　浭水名出北平　亢〔十一〕闕人名老聃弟子有亢桑子　⿰犭更彼⿰犭更犬名

邟縣名在潁川　○阬坑丘庚切說文閬也或从土〔十二〕从石文七　硎石也　砊

砊硠石聲　劥劥勨有力　妔美女　亢跡也　○亨享亯章虛庚

切嘉之會也或作享古作亯章文九　湞水名　脝〔十五〕膨脝腹滿兒　悙憉悙自矜健兒

⿰女享〔十六〕憉⿰女享肨也　哼瞠哼愚怯兒　○行何庚切說文人之步趨也文十四　衡〔十七〕

奧說文牛觸橫大木著其角也引詩設其楅衡一曰橫一木爲門也一曰平也又姓亦州名古作

奧　洐說文溝水行也　珩說文佩上玉也所以節行止　羹⿰月羹肉湇也亦从肉

〔十三〕瑝　〔十四〕楻柲

〔十六〕怳　〔十七〕鍠

〔十九〕穔程

胻說文脛耑也　⿰骨行牛脊後骨　桁〔十八〕屋橫木一曰葬具　筕方言筕篖籧篨

直文者　蘅杜蘅香艸　鵆鳥名鶩黃也　衡角長兒　○橫衡胡盲

切說文闌木一曰東西曰縱南北曰橫或作衡文二十二　鐄〔十九〕　鍠鐘聲或从皇　煌火光

⿰衤黃字林⿰衤黃褡小被也　黌學〔二十〕通作橫　楻〔二十一〕楻畢撞柲也　⿰角黃〔二十二〕藤屬可用

織　喤諠也怒也一曰小兒泣聲　諻方言諻音也一曰大聲　瑝玉聲　蝗

螽也　⿰黃瓦小瓦謂之⿰黃瓦　怳〔二十三〕憕怳失志　鐄〔二十四〕大鍾也鎌也　潢艎博雅筏也

或从舟　趪起兒　韹爾雅韹韹樂也　穔穔程穄也　䫛暴風　○諻〔二十五〕

呼橫切大聲文八　喤諠也　揘擊也　嚝聲也　謍謍謍小聲　⿱𤇾羽博雅

〔二一〕壺飡

〔二二〕罔

〔二三〕補

〔二四〕祊

〔二七〕冢

翁䳄飛也 鍠 鼓鐘聲 䬟 䬟颷風皃 ○觵觥 姑橫切說文兕牛角可〔二一〕以飲者也其狀觵觵故謂之觵或从光〔二二〕文十一 侊 說文小皃引春秋國語侊飲不及一餐 䍿 [illegible]橐 同滿也或作[illegible]橐 膨[illegible] 膨脝大腹〔二三〕或作膹 [illegible] 吴王孫休子名 僙 趪 武皃或从走 ○鬃䄫祊 晡橫切說文門內祭先祖所以徬徨引詩祝祭于鬃〔二四〕或作䄫祊通作閍文二十二 閍 宮中門 䑫〔二五〕 舟名 縍 結也 彭 衆車聲 騯[illegible] 騯騯馬盛皃或〔二六〕作[illegible] 榜 說文所以輔弓弩 嗙 說文謌聲嗙喻也司馬相如說淮南宋蔡舞嗙喻也一曰叱也 傍 傍傍然〔二七〕不得〔二八〕已 [illegible]奟[illegible] 大力也或作奟[illegible] 搒[illegible] 相牽也或作[illegible] [illegible] 冢口穴 浜 溝納舟者曰浜 [illegible][illegible] [illegible][illegible]胖也

〔二九〕忼

〔三〇〕鬺

〔三一〕弦

或作[illegible] [illegible] 犬也 ○磅磞 披庚切擊石或作磞文二十三 忼〔二九〕 忼慨也一曰志懣 洴泙滂 水聲或作泙滂 烹亨亯享鬺〔三〇〕 煑也或作亨古作亯享鬺 揨 打也 [illegible] 鍊金也 悙 憉悙自矜健皃 澎苹滂 澎濞水皃〔三一〕或作苹滂 怦 博雅急也 楟 木弩 軿 軿訇車馬聲 弸綳 張弦也或从糸 [illegible] 擊聲 ○彭 蒲庚切說文鼓聲也一曰水名在衛地一曰國名文二十六 [illegible]轒韸 陭傍 車聲也或作轒韸陭傍通作彭 騯 說文馬盛也引詩四牡騯騯通作彭 輣 說文兵車也 棚 說文棧也 趽 說文曲〔三二〕脛馬也 鏰 兵器 鬅 鬅鬤亂髮皃 膨 膨脝大腹 憉 憉悙自矜健皃 澎 縣名在東海一曰水皃 [illegible] 量溢 榜

〔三四〕葱

〔三五〕陽

〔三六〕距

所以輔弓弩也 榜 笞擊也通作篣 篣 博雅籠也 蒡 艸名〔三四〕爾雅蒡隱葱郭璞說 榜 榜程檫也 蟚 蟚蜞蟹屬或書作蟛 䭲 䭲馞芬芳也 旁 旁勃白蒿也兔食之壽八百歲 棚 禾密也 嘭 聲也 ○盲 瞢 萌 瘠 眉耕切說文目無牟子或作瞢萌瘠文十九 鼆 說文冥也 䁅 䁅盯直視 鄳 縣名在江夏 鄸 縣名〔三五〕昌義 蝱 虻 說文齧人飛蟲或省 鋂 鋩 鎖也或省 莔 蝱 蕄 蘉 艸名說文貝母也或作蝱蕄蘉通作蝱 篃 䈍 竹名或作䈍 鄳 地名在秦 ○趟 中庚切趟趟跳躍也文五 撐 樘 柱也或作樘 䬓 䬓颷暴風 瞠 直視 ○瞠 矘盯 憆 瞕 抽庚切直視也或作矘盯憆瞕文十七 𧾶 說文〔三六〕距也 𥉵

〔三七〕龍

〔四〇〕名

〔四二〕數

〔四三〕樘

〔四六〕颮

〔四七〕㲉

〔四八〕穀

〔四九〕吳謂 榑

〔三七〕䚀 正視也一曰深意或作䚀 𧿒 〔三八〕跉𧿒行遲皃 樘 橕 牚 橖 說文〔三九〕衺柱也或作橕牚橖 𨏩 小車輮也通作樘 湞 水〔四〇〕皃 䟫 𨃽 距也或从棠 ○棖 除庚切說文杖〔四一〕也一曰法也一曰棖謂之楔文十八 𣪷〔四二〕 掁 撜 博雅揬也或从長从登 〔四三〕摚 𧾶 蹚 距也或作〔四四〕𧾶蹚 挰 博雅挰掄擇也一曰舉也 盯 瞪 矃盯視皃或从登 憕 憕懩失〔四五〕志 澄 水清定也 粻 糧也 䮯 馬住皃 倀 獨立皃 篖 筸也 趟 趟趟驚走皃 〔四七〕䬓 䬓颷〔四六〕風聲 ○鬡 鬤 尼庚切鬡鬤髮亂皃或从〔四八〕襄文十 𡪢 犬多毛謂之𡪢 𡅯 𡃍 𠵽 說文亂也一曰室〔四九〕𡅯籀作𡃍或省 𦽶 艸也 說文䍵蘘可以作麋繮 攘 搶攘亂皃 檸 木具俗作木謂曰檸頭 𤺊 病也 ○兵

僫乒晡明切說【五〇】文械也从廾持斤并力之皃古謂【五一】僫籀作乒文三○平釆蒲兵切說文語平舒也从亏从八八分【五二】也爰禮說亦姓古作釆文十四評博雅評訂平也坪坪平也或書作坙泙說文谷也一曰水名枰檘枰仲木名一曰博局或作檘苹萍說文萍也無根浮水而生者或作蓱苹一曰蘋蕭腁【五三】博雅腁腁脂也蚲蟲名博雅蚲蠻蚲也呯呼呯聲也抨使也玶玉名○朙明眉兵切說文照也从月从囧古作明又姓亦州名文十【五五】三盟盟盟盟【五四】說文引周禮國有疑則盟諸侯再相與會十二歲則盟北面詔天之司愼司命盟殺牲歃血朱盤玉敦【五六】以立牛耳或从朙从明古作盟鵬鵬博雅鷦鵬鳳也或从朙亦書作鸎鳴說文鳥聲也冥暗也冥[illegible]鄭

【五〇】僫作

【五二】地

【五三】腁

【五四】盟

【五五】一

【五六】明

康成讀鄳縣名在義陽明視瞭也萌蕨萌艸名○生𡴭[illegible]【五七】師庚切說文進也象艸木生出土上又姓古作𡴭唐武后作[illegible]文十九甥【五九】說文謂我舅者吾謂之甥亦姓笙說文十三簧象鳳之身正月之音物生故謂之笙大者謂之巢小者謂之和古者隨作笙一曰吳人謂箄為笙鉎鐵衣也牲說文牛完全猩狌猩猩獸名能言者或从生[illegible]獸名似【六〇】鹿而小一曰犬皃鼪鵢江東呼鼬鼠為鼪或从鳥湦闕人名曹桓公終湦姓闕人名春秋傳蔡公孫姓殅死而更生泩【六二】水深廣皃[illegible][illegible]氄毛起皃苼地名在魯胜䱆肉○鎗【六一】鏿【六三】楚耕切說文鐘聲也或作鏿文七槍爾雅彗星為欃槍瑲聲也鐺釜屬通作鎗滄沧【六四】泠皃古作

【五八】生

【五九】甥

【六〇】大

【六二】庚

【六三】釜

【六四】沧

〔六三〕犄

〔六八〕荕

〔七〇〕夘

〔七一〕博

㭊○傖鋤庚切吳人罵楚人曰傖文八衡牄〔六五〕獸角長曰衡或作牄鬡鬤鬡鬤〔六六〕亂髮或作鬤鎗鐘聲也搶搶攘亂皃嗆嗆哼愚怯○京居卿〔六七〕切說文人所爲絕高丘也一曰大也又姓文十荊荕說文楚木也又〔六八〕姓亦州名古作荕鷩〔六九〕說文馬駭也麠麖說文大鹿也牛尾一角或从京鶁羌鶁鳥名南方有之蟼蟲名爾雅蟼蟆蛙類㢡廣雅倉也婛女字○卿丘京切說文章也六卿天官冢宰地官司徒春官宗伯夏官司馬秋官司寇冬官司空又姓文三夘〔七〇〕說文事之制也亦姓慶賀也○擎檠渠京切舉也或从廾亦書作擏文十四勍說文彊也引〔七一〕春秋傳勍敵之人黥剠㓷說文墨刑在面也又姓或作剠古作㓷䪫博雅䪫項也勍

集韻平聲四

〔七二〕鱷

〔七三〕橦

〔七四〕皃

〔七六〕山

集韻平聲四

〔七二〕名山鱷也檠𢑃說文榜也或从弓亦書作檠樈鑒柄鱷鯨說文海大魚也一說雄曰鱷雌曰鯢常以五月生子於岸八月導而還海鼓浪成雷噴沫成雨水族畏之或从京矜戈戟柄○迎魚京切說文逢也文一○英於驚切說文艸榮而不實者一曰黃英一曰知出万人爲英又姓亦州名文二十三柍楧說文梅也一曰江南〔七三〕橦材其實謂之柍或从英瑛說文玉光也䬬風也〔七四〕媖女人美稱蝧蜂屬韺博雅五韺帝〔七五〕佶樂通作英𨛔地名霙霰也通作英渶水名出青丘〔七六〕䁝目深也鶧繼鶧鳥名通作英央帎鮮明皃詩旂旐央央或作帎泱泱泱雲皃通作英霙煐史闕人名南有張煐廮長廊碤水中石鍈鉠鈴聲

〔七七〕柗　〔七九〕乙　〔一〕欣

或省⿰谷英谷名蛂青皃○榮于評〔七六〕切説文桐木也一曰屋柗〔七七〕之兩頭起者爲榮一
曰艸華謂之榮又姓亦州名文十〔七八〕嶸嵤崢嶸山皃或省瑩石似玉禜祭水
旱也蠑方言易〔七九〕蜥南楚或謂之蠑螈通作榮揘擊也螢火蟲名嫈女字
𤬪小瓜○兄呼榮切説文長也一説从人口以制下文一○謍乁〔八〇〕榮切謍
譂聲也文一○夻口觥切大也文二⿰石夻⿰石夻石聲
十三○耕畊古莖切説文犂也一曰古者井田故从井古作畊文二○⿰金身
鏗鎮丘耕切博雅⿰金身鎗聲也或从堅亦作鎮文二十九⿰扌身揁琴聲論語⿰扌身爾捨瑟
而作或作摼說文擣頭也或作揁通作鏗摼𣢾〔一〕欲也聉〔二〕瞑瞷視不明或

〔四〕鄀　〔五〕隹　〔七〕佊　〔九〕鎣

从巠⿰山巠谷也硜踁硜硜小人皃或作踁硻説詨〔三〕餘堅也臤堅也⿱殸車
⿰車真説文車堅也或从冥⿰車冥博雅⿱殸車也輷輷輘車聲牼説文牛鄀〔四〕下骨引春
秋傳宋司馬牼字牛羥説文羊名鵛⿰巠隹鳥名或从隹〔五〕⿰石昆〔六〕硍鍾病聲周禮高
聲⿰石昆杜子春説或作硍誙誙誙趣死皃李頤説娙女身長謂之娙硎臨硎山名
在吳郡吳宮以爲門名一曰磨石一曰谷名⿱巠石不可近也○娙魚莖切説文長好也
文三俓⿰亻幵急也佊〔七〕也或作併○罌甖甇於莖切説文缶〔八〕也或从瓦亦作甇文
三十英⿰矛英以羽飾矛或从矛罃説文備火長頸鉼也鎣〔九〕器也劉刋木
也賈思勰曰山澤林木大者劉殺之嫈説文小心態一曰嫈嫈好皃⿱𤇾目目淨皃⿱賏言

說文聲也 嚶說文鳥鳴也通作譻 謍呻也 鸚𨿽說文鸚䳇能言鳥也或从隹

鶯鸎說文鳥也引詩有鶯其羽或作鸎〔一〇〕 〔一一〕櫻櫻桃果名 莖姚莖艸名 蘡

艸名博雅燕薁蘡舌也 褮鬼衣 〔一二〕禯閒采 賏說文頸飾也 瓔石次玉

〔一三〕嫈嫈嫇下俚婦人皃 矈矈瞭目無光 鸚鸚鸚鳥名東夷有之 譻謍

怒也或作謍 諻銅器聲〔一四〕 ○莖何耕切說文枝柱一說艸曰莖竹曰箇木曰枚文九

〔一五〕䪫博雅六䪫顓頊樂通作莖 牼牛膝下骨 誙誙誙趣死皃 鈃瓶㼛

〔一六〕鋞器似鍾頸長或作瓶㼛鋞 鋞鑠〔一七〕幹 ○宏宖〔一八〕乎萌切說文屋深也或从穴文

二十三 厷大通也通作宏 〔一九〕宖說文屋響也 閎說文巷門也又姓 紘

〔一〇〕禯 〔一一〕閒

〔一五〕䪫 〔一六〕幹

〔一八〕三 〔一九〕宖

〔二〇〕紭說文冠卷也一曰〔二一〕纓从下而上者或从弘 耾𦕈博雅聾也一曰耳中聲一曰耾耾大

聲或从宏 弦彋弸弦弓聲或作彋 鈜吰鏗鈜鐘鼓聲或从口 硡䃔博雅

硡礚聲也或从宏 嶸巆嵤峵㟗說文崝嶸也或作巆嵤峵㟗 谹說文

谷中響也 翃翃翃飛也或書作翝 蚿蟲名 竑軭度也周禮竑其輻廣或作軭

橐罢罔滿也〔二二〕或作罢 汯浤汯汯迅流也或从宏〔二三〕 揈擊也 䫺大風也或

書作颹 〔二四〕駥馬一歲也一曰縣名 焚火光〔二五〕 ○泓烏宏切說文下〔二六〕深皃一曰水皃

文九 〔二四〕宖屋響也 營營譁小聲 閎試力士錘也 〔二七〕㖸牛聲 耾耳中

聲 弦弓聲 汪水皃 〔二八〕𥥰幽深皃 ○訇訇呼宏切說文〔二九〕駭言聲漢中

〔二〇〕紭 〔二一〕弘

〔二二〕泓 〔二三〕閎

〔二四〕宖 〔二七〕㖸 〔二八〕𥥰

[三二] 甾　[三三] 厂

西城有訇鄉籒不省又姓文三十　颵飀風聲或从薨　挧拘揮也或作拘　㥬

愳憉㥬怒皃或作愳　渹瀇水相激聲或作瀇　鍧鑋鏗鍧鐘鼓聲或作鑋

轟輷軥輷說文羣車聲也或作輷軥輷　䃔硡砉礐石落聲或

从宏从訇从營　翃䎕翃翃翃飛也或作䎕翃翃　薨衆也疾也詩度之薨

薨沈重說　閎閎廊深遠也一曰大也[三〇]　嶸巆大聲也或作嶒　耾耳中聲一曰耾

耾大聲　巆嶸巆山深　○琤初耕切說文玉聲也文十　錚鏳金聲或从曾

噌噌吰聲也　掙[三一]博雅刺也　淨冷皃　鏘將鏗鏘聲也或作將　棦

木束　嵤呻也　○爭𠬝[三二]甾莖切說文引也徐鉉曰从受丿[三三]受二手也而曳之爭之

也

[三五] 艸　[三六] 盭　[三七] 未乚

[三八] 五　[三九] 筋

道古作𠬝文十[三五]　箏說文鼓[三四]弦竹身樂也一說秦人薄義父子爭瑟而分[三六]之因以爲名　䓴

說文艸[三五]䓴盭皃　埩耕治也　綪綪說文紆朱縈繩曰綪急弦聲或作綪　猙獸名

似[三七]豹一角三尾　䏶筋[三九]　鯖魚名博雅竹頭鯖也　錚說文金聲也　䍴羚羊

名　郱國名　䋫犂上木　䡠車聲　鮏魚名　姓雨而見星　諍

訟　○崝[三八]崢嶒鋤耕切說文嶸[四〇]也或作崢嶒亦書作崝文十七　增說文北地高樓

無屋者　淨說文魯北城門池也　埩耕治也　鬇鬡鬇鬡髮亂或作鬡　䓴

䓴䕅艸亂　䃘破聲　竲竲宏屋大　噌噌吰聲也　鯖魚名　鏳琤玉聲

或从玉　彋引弦聲　磳磳磳石皃　○朾丁中莖切伐木聲或作丁文十二

〔四二〕宖
〔四三〕惝
〔四四〕鬡
〔四五〕敾
〔四六〕橕
〔四八〕窉
〔四九〕器
〔五〇〕營

玎玎玲玉聲趶跉趶行遲皃〔四三〕⿰登寸撜張也或作撜⿱穴登⿱穴登宖〔四二〕⿱穴登響⿰扌尚引也僜僜偈不仁憕惝憕失志颾颾颻風聲鬇鬇鬡〔四四〕髮亂猙猙獰犬毛〔四六〕○橙䔲除耕切說文橘屬或从艸文十五朾揨敨揨𣪣〔四五〕說文橕也或作揨敨揨𣪣敷〔四七〕𢿌挨也或作𢿌穹小突也⿱穴曾⿱穴曾窉〔四八〕響也⿰目亭審視皃湞湞陽縣名屬始興郡虰蠪虰螳屬嚀器〔四九〕也○儜尼耕切弱也通作嬣文〔五〇〕九⿰言寧營〔五一〕⿰言寧小聲⿰食寧食也⿱艹盜薴說文艸亂也杜林說艸⿱艹爭⿱艹盜〔五二〕皃或作薴⿰禾寧禾芒曰⿰禾寧嬣姘嬣女劣皃獰猙獰犬毛曰惡也⿰金寧刃柄○⿰糸崩綳悲萌切說文束也引墨子曰禹葬會稽桐棺三寸葛以繃之或作綳文十五絣

〔五六〕弦
〔五七〕䭢
〔五八〕曰

說文氐人殊縷布也⿱𢆶乚繩以直物通作絣⿺辶絲博雅〔五三〕絲也一曰行急拼抨伻迸平苹爾雅使也或作抨伻迸古作平苹⿰弓并彈也通作拼⿰女崩謹也軯車聲螃蝦蟇類○怦⿰女平披耕切博雅急也一曰忠謹皃或作⿰女平文二十八姘說文〔五四〕除也漢律齊人予妻婢姦曰姘拼伻迸平苹使也或作伻迸古作平苹〔五五〕通作抨抨說文撣〔五五〕也閛⿵門并闔扉聲或从并漰漰浡水聲弸弸弦〔五六〕弓聲砰硑訇䭢〔五七〕廣雅砰磅聲也或作硑訇古作䭢軯⿰馬平車馬聲或从馬⿰月平腹脹⿰牛平說文牛駁如星⿰羊平羖羊名一〔五八〕使羊也馮馮閎大也一曰虛廓⿰忄并⿰忄朋忼慨也或从朋硼⿰石彭石名或从彭⿰并力大也○弸蒲萌切說文弓彊皃一曰

〔六〇〕窮　竆　〔六一〕㑂

滿也楊子弸中彪外文六　倗　倗悩怒皃　淜　淜湀水勢相激皃　馮　馮閎大也　棚

博雅閣也　痭　腹滿　○甍　𣡋　瓾　謨耕切說文屋棟也或从木亦作瓾文〔五九〕十六

蕄　艸名似苕可爲帚　篕　竹也一曰竹筍　萌　鋂　說文艸芽也古作鋂　蒽

心所在池通作萌俗作𦱊〔六〇〕非是　甿　說文田民也　氓　說文民也通作萌甿　嫇　嫈嫇

幼婦一曰小人皃　矒瞑　瞪矒視不明皃或作𥌎〔六一〕　盟〔六二〕　誓約也莊子其留如詛盟徐〔六三〕邈

說　鄳　縣名在江夏　檬　木名　○宖　竑　于萌切屋響也或从穴文三　㤯

㤯憕失志皃　○碐　力耕切砰碐峻皃文四　輘　輷輘車聲　駖　馬衆聲　玲　玲玎玉聲

〔三〕顠顔

〔五〕精　〔六〕旌

十四　○清　親盈切說文朖也瀓水之皃文六　鯖　魚名　圊　博雅圊廁也

請　漢有請室請罪室也　棈　木名　𩃃　𩃃女神名　○精　咨盈切說文擇也文

二十　晶　晟　說文精光也或作晟　菁　艸名說文韭華也　鶄　䴖　鳥名說文

六鮫鯖也或从隹　蜻　蟗　蟲名說文蜻蛚也或从精〔六四〕　鼱　鼱鼩鼠〔六四〕　婧　竦立也一曰有

才　睛　目睛　晴　善聽也　靘　靘䫤不正〔六五〕　氏　㣲氏縣名在代郡　旌

旍　精〔六六〕　猜　說文游車載旌析羽注旄首所以精進士卒又姓或作旍旌猜　涔　淓　水名

在南郡或从旌　菁　蕪菁州名通作菁　鶄　鶄鶄鳥名鶄鶄也　腈　肉之粹者　睛〔六七〕

目〔六八〕　葏　茂皃詩葏葏者莪通作菁　箐　笭箐小籠　○餳　徐盈切說文飴和饊者也

文一○情晴慈盈切説文人之陰氣[一九]有欲者或从口文十　殅[二〇]晴暒[二一]説文雨而夜除星見也或作晴暒　請受言也　腈受賜也　戕殺也　蜻蟲名如蟬而小　餳飴也　○觲觪思營切説文用角低仰便也引詩觲觲角弓[二二]或省文七　騂牸牲赤色或从牛　垟垶説文赤剛土也或作垶　烊[二三]博雅赤也　○幷卑盈切説文相從也又州名亦姓文十　栟木名説文栟櫚也　箳箳篂車轓　屏屏營征伀也　庰[二四]屋蔽也通作屏　絣[二五]雜也太玄錯絣　箳籠盛絮　姘姦也　箳竹名　鵧鳥名　○名彌并切説文自命也从口从夕夕者冥也冥[二七]不相見故以口自名又姓文六　洺水名　冥[二六]幽也史記冥冥汷事劉伯莊讀　顭眉閭謂之顭

[一九]气
[二〇]姓
[二四]㤺
[二五]弥
[二六]決
[二七]顭

眳[二八]眳睛不悅皃　䊅漬米也　○聲殸書盈切説文音也亦姓古作殸文三　䎆無形而響　○𨑨征徰諸盈切説文正行也或从彳古作徰文二十三　延説文行也　正歲之首月夏以建寅月爲正殷以建丑月爲正周以建子月爲正　𦁊説文乘輿馬飾也　鉦説文鐃也似鈴柄中上下通　帪射的通作正　征怔方言[二九]怔伀惶遽或从心　眐眐䀋獨視也　𧘝𧘝松小兒[三一]衣也　鴊鳥名方[三〇]言齊魯閒謂題肩爲鴊　脏鯖䐹煪䭘煮魚煎肉曰脏或作[三二]鯖䐹煪䭘　炡炡燴煠也　政賦也周禮聽政役以比居通作征正　証諫也　聇博雅聇聇行也　姃女字[三三]　○成時征切説文就也古从午亦姓又州名文十八　郕説文魯孟氏邑　城𩫖説文

[二九]征遑
[三一]食
[三二]脏
[三三]𩫖

〔二四〕甑
〔二五〕日
〔二六〕雀
〔二八〕卜

以盛民也籒作諴誠說文信也宬說文屋所容受也盛說文黍稷在器中以
祀者也晟明也珹美珠也頳項也瓺甑〔二四〕也晟飯饐也从日
峸山名〔二五〕陙地名葳艸名筬筬篋〔二六〕織具〔二七〕娍女名○禎知盈
切上〔二八〕所稱說文祥也文十一貞鼑偵說文卜問也从卜貝以為贄一曰鼎省聲京房所說
一曰正也古作鼑或作偵楨說文剛木也上郡有楨林縣一曰築牆具湞說文水出南海龍川
西入溱郥地名隕說文丘名寊闕人名後周齊王子寊揁引也媜
女字○檉癡貞切木名說文河柳也文十八偵博雅偵質問也湞水名𧹛〔二九〕
赬䞓緽說文赤色也引詩魴魚䞓尾或作赬䞓緽通作竀浾泟說文浾棠棗之

〔三〇〕呈
〔三一〕十
〔三二〕「竹席」
〔三三〕貞
〔三四〕「魚」
〔三五〕紆

汁戓从正𧿹跉𧿹偏行竀䶑說文正視也从穴中正見也或作䶑虰蟻屬朾
地名在宋春秋傳會于朾通作檉蟶蚌也阷丘名酲病酒逞縱也〔三一〕○
呈〔三〇〕馳貞切說文平也一曰見也文十二程說文品也十髮為程一程為分十分為寸又姓
酲說文病酒也一曰醉而覺也珵佩玉也珩謂之珵一〔三二〕曰玉大六寸䟫行期
也通作程郥地名篂博雅笭篂「竹席」一曰竹名可為笛裎倮也一曰佩紟謂之
裎脭肉之精者捏博雅擇也一曰舉也𡛶女名虰蟻屬○跉
離身〔三三〕切跉𧿹偏行文五伶建伶縣名令使也磬多聲也魿魚〔三四〕蟲連行
紆〔三五〕行○盈怡成切說文滿器也一曰國名文二十五楹櫺桯說文柱也引春秋傳

〔三七〕少昊
〔三八〕夃
〔三九〕逞
〔四〇〕傾
〔四一〕𨇙

丹桓宮楹或从贏从呈 ⿰盈阝〔三七〕姓也 ⿰月盈 肥也 溋 闕人名魯有大夫溋 ⿰犭盈 獸名

黃狐也 嬴 說文省天氏之姓 ⿰女嬴 方言娥⿰女嬴好也 瀛 海也楚人名澤中曰瀛亦州名 洶 水名在沂縣 ⿰石嬴 石名 贏 夃〔三八〕 說文有餘賈利也或作夃 籯 篕 說文笭也或从盈 攍 ⿰扌盈 方言儋齊楚陳宋曰攍或从盈通作嬴 逞〔三九〕 闕人名晉有欒逞通作盈 ⿱艹嬴 ⿱艹盈 菊華也或作⿱艹盈 ⿰糹盈 ⿰糹呈 絲綬也或作⿰糹呈 鸉 鳥名白鷹也江東語

○輕 輕 逕 牽盈切說文輕車也古作輕逕文九 ⿱輕金 金聲也一曰斷也 ⿱輕足 一足行也 ⿱穴巠 空也詩瓶之⿱穴巠矣 ⿱殸巠 不可近也 ⿱殸米 側器傾〔四〇〕也酒漿也 ⿰山巠 深谷

○頸 渠成切項也文四 ⿰魚巠 說文魚名 葝 ⿱艹剄 艸名爾雅葝山䪥或从刀 ○

〔四二〕帀

嬰 賏 伊盈切說文頸飾也或省一說女曰嬰男曰兒文十三 瓔 石似玉 纓 說文冠系也 攖 拈也亂也 瀴 瀴溟水絕遠皃 ⿰嬰阝 地名 蘡 艸名蘡薁也 櫻 櫻桃果名 纓 短也 癭 頸疾 ⿱賏金 博雅⿱賏金謂之鈁 ⿰牛嬰 牛名 ○營〔四二〕 維傾切說文市居也一曰度也亦姓文十八

瑩 石似玉 鎣 器也一曰采鐵也 ⿱𤇾瓜 小瓜 塋 說文墓也 ⿰木營 木名 ⿱𤇾目 惑也 覮 覮然能視也 謍 說文小聲也引詩謍謍青蠅 瀯 濴 濚 環瀯水回皃或从縈从榮从榮 榮 屋梠之兩頭起者禮升自東榮劉昌宗說 禜 祭水旱也 熒 火光 ⿸疒營 病也 ⿱𤇾耳 聲也 ○⿰貝句 翾營切貨也文四 騂 牲赤色 滎 熒 水名或作熒 ○傾 頃

〔四四〕瓊　〔四五〕煢　〔四七〕睘　〔四八〕[illegible]　〔四九〕嬛

窺營切說文仄也或从阜文六 頃說文頭不正也 坰遠也詩在坰之野 蹟麻屬 廎屋側也 ○瓊[四四]璚瓗琁葵營切說文赤玉也亦从矞从巂或从旋省文二十五 煢[四五]說文回疾也 惸焭㤏[四六]悤惸惸憂也或作[四八]焭㤏悤 赹[四九]⿰走旬說文獨行也或从旬 睘說文目驚視也引詩獨行睘睘[四七] 橩博子通作瓊 嬛⿰女⿱𤇾子⿰亻⿱𤇾子⿰亻焭⿱𤇾子獨也或作⿰女⿱𤇾子⿰亻⿱𤇾子⿰亻焭⿱𤇾子通作焭⿰女⿱𤇾子一曰淑媛也 ⿱𤇾車說文車輮規也一曰一輪車 藑艸名說文茅葍也一曰蕣也 ⿱艹⿱𤇾子⿱艹榮艸旋皃或作⿱艹榮 ⿰木焭木名 ⿰貝旬⿰貝⿱𤇾子貧也或作⿰貝⿱𤇾子 ○縈⿱𤇾巾娟營切說文收韏也或从巾文十 ⿱艹榮說文艸旋皃也引詩葛藟⿱艹榮之 褮說文鬼衣 嫈小心態一曰繚嫈漢侯國名 謍聲也

〔五〇〕蹂　〔五二〕聘　〔二〕夺　〔三〕鶺　〔三〕日 〇

幎覆也 攖有所繫著也 ⿰石榮石名 滎滎濴波浪涌起皃 ○洞古營切大洞地名文一 ○頸吉成切項也文二 濴絕小水也 ○⿰禾⿱𤇾衣人成切蹂[五〇]禾黍之餘文一 ○騂許營切牲赤色文二 ⿰貝旬貨[五一]也 ○甍忙成切屋棟也文一 ○聘[五二]匹名切訪也[一]文一

十五○青夺峕岦倉經切說文東方色也木生火从生丹[二]丹青之信言必然又州名亦姓古作夺峕岦文十一 艷䴿艷無色 鶄鶄鶄鳥名畜之以厭火 綪淺碧色 菁華盛皃 鯖魚名 蜻蜻蛉蟲名蝍蛉也六足四翼 圊廁也 ○曐星⿱生土○桑經切說文萬物之精上爲列[三]星一曰象形从口古口復注中故與曰同

〔一四〕中肉

〔一五〕蜓

〔一六〕烈　〔一七〕滂　〔一八〕甹

〔一九〕亟或爲

〔二〇〕甹

〔二二〕艳

或省又姓古作𡍩唐武后作文二十三 程 禾稀也 悜 悜憕了〔一三〕慧 醒 醉解也

篂 博雅簈篂蔽篖也 鉎鍟 鐵衣或从星 腥 豕中〔一四〕肉息 胜 說文犬膏臭也一曰不熟 猩 說文猩猩犬吠聲 鮏鯹 說文魚臭也或从星 狌 獸名似人

艎 船名 裎 𤇾光箸衣 睲 目睛照也 𥐵 石名 蛵 蛵蜓〔一五〕〔一六〕蟲名 煋 火熱〔一七〕也

珵 玉光 ○竮 傍〔一七〕丁切竛竮行不正也通作俜文十八 甹〔一八〕 說文〔一九〕亟詞也一曰甹俠也三輔謂輕財者曰甹俗作甹非是 荓 荓蜂摩〔二〇〕蛾也通作䗬 骿 助骨 薄

水中浮艸 𥳑 吳人謂蠶曲爲箳 俜〔二一〕 說文俠也 雩 雩雩雨皃 𢓨 說文 竮 說文使也或从立

姘 姦也 頩 博雅艵〔二二〕頩色也 艵 說文縹色也 聠 耳閉也

〔二三〕鈃

〔二四〕輜　〔二五〕𪘀齛

〔二六〕漂

〔二八〕鵧

〔二九〕冖

〔三〇〕日

謣 言也 𥳑 舟車蓬 涄 水皃 𦅂 吳人數絮〔二四〕 ○鉼瓶缾〔二三〕 旁〔二五〕經切說文罄也或从瓦从平文二十五 軿輧 說文輕車也或从屏 屏 所以蔽也 𪗋

䶜 說文𢂧也杜林以爲竹筥楊雄以爲蒲器〔二六〕或从并 竮𡿮 竛竮行不正或省 郱 說文地名在臨朐 洴 洴澼漂絮聲 𦳊萍 〔二七〕艸名說文苹〔二八〕也或作萍 苹 艸名

說文馬帚也 箳 竹名一曰箳箠戶扇 鵧 鷑鵧鳥名 箳 箳篂蔽篖 鼮 說文鼮令鼠一曰鼠子 蛢 蟲名說文蟜蟥也 苹 蔽也周禮苹車所用對敵自蔽隱之車

鉼 漢侯國名 駢 地名論語駢邑三百 帡 覆蓋也揚子夏屋之爲〔二九〕帡幪 玶 玉名 ○冥暝 忙經切說文幽也从日六冖聲日〔三〇〕數十六日而月始虧幽也亦姓或从口文

二十三　瞑翕目　覭說文小見【二〇】引爾雅覭髳弗離　顛眉目閒也引詩倚嗟顛兮　㝠覆也　熐熐蟁【二二】匈奴聚落也　⿰糸名細絲也　嫇說文嬰嫇也一曰嫇嫇小人皃一曰嫇奵面平

銘名志也或作名　溟說文小雨溟溟也　鄍說文晉邑也引春秋傳代鄍【二三】門　蓂蓂莢堯時瑞艸　⿱龹米麊潰米也一曰麊泠縣名在交阯或作麊　榠榠櫨果名　⿰豸冥⿰犭冥小豚也或从犬　螟說文蟲食穀葉者吏冥冥犯法即生螟也　⿰礻冥福　⿰耳冥行而上聽　【二四】嬰密也

○丁个【二五】當經切說文夏時萬物皆丁實象形一曰【二六】當也又姓古作个文十五　釘說文錬餅黃金郭璞曰鶴郝【二七】江東呼爲鈴釘一曰鐵釴　玎說文玉聲也引齊太公子伋謚曰玎公

靪說文補履下也　⿰阝丁【二八】說文丘名　疔病創　⿰⻊丁行跉⿰⻊丁獨行或从彳　⿱罒丁⿱罒令⿱罒丁

集韻平聲四　七

【二二】蝨

【二三】櫨

【二五】个

【二六】鶴郝

小罔　叮叮嚀囑辭通作丁　虰朾蟲名赤蚍蜉也或作朾　灯火也　奵女名一曰嫇奵面平

○聽湯丁切聆也文二十九　廳古者治官處謂之聽事後語省直曰聽故加广　汀⿰氵平渟說文平也謂水際平地或从平从亭　訂⿰豸丁【二九】評議或作⿰豸丁　⿰糸盈⿰糸呈說文綏【三〇】也或从呈

綎鞓⿰革呈說文系綬也或作鞓⿰革呈　矴庁碑材或省　桯說文牀前几一曰碓梢　筳笭筳竹器　朾地名在宋　艼艸名說文艼熒朐也　顁狹頭皃

町圢說文田踐處曰町或从土　⿰耒丁隸【三一】下木也　⿱罒丁⿱罒令【三二】罔也　⿰骨丁腨骨

⿰骨廷⿰骨令⿰骨廷長骨皃　筳方言縮【三三】筳竟也　⿰豸丁豕皃　珽大圭長尺二寸　耵耵聹耳垢

○庭唐丁切說文宮中也文三十八　廷說文朝中也　⿱穴廷穴也　亭【三四】說文民所

集韻平聲四

【二九】⿰豸丁

【三〇】綏

【三二】⿱罒令⿱罒丁

【三三】緪竟

【三四】亭高

〔三五〕娗 〔三六〕挻 〔三七〕甹 〔三九〕筳 〔四三〕靈

安定也亭有樓从高省停止也渟水止曰渟娗婷博雅娗〔三五〕娗容也一曰女出病或从亭聤耳病聤目眵梃〔三六〕縣名在膠東國甹〔三七〕說文定息也綎綬謂之綎㼗輒也霆霟說文雷餘聲也鈴鈴所以挺出萬物或从鼎朾橦也葶葶藶藥艸莛壬〔三八〕說文莖也一曰屋梁或作壬筳〔三九〕說文繀絲筦〔四〇〕一曰楚人結艸折竹卜曰筳篿狿𤢎狿猱猨屬或从庭〔四一〕鼮鼠名文如豹漢武帝時得此鼠終軍知之鯙鯅魚名鮑也蜓或从廷蜓蚨蟲名蟌蛄也𧖠蠶中息也榳檸榳長木楟木名梨也𢈽廣雅重也蝏蝏螆水蟲名訂〔四二〕評議也嵉山名在白登閮門中也邜亭名汀水平定止也○靈𤫊䨩𩆜𩂁郎丁切說文靈巫以玉事神一曰善

〔四五〕零 〔四七〕𩴇 〔四九〕名 〔五〇〕澤 〔五一〕靈

也又姓亦州名或从巫古作〔四四〕䨩𩆜俗作〔靈〕非是文一百六十五䨈𥛻神名或从霝霝說文雨零也引詩霝雨其濛通作零零𩃬𩅹圖〔四六〕說文餘雨也又姓或作零亦从冷古作圖龗𩄇𩆯龕說文龍也古作𩆯龗䨥龗𩴇𩴆〔四七〕山神人面獸身或作𩴆亦書作𩃬昤曨昤曨日光或从靈朎朎朧月光泠說文水出丹陽宛陵西北入江又姓伶說文弄也益州有建伶縣通作泠亦姓姈女字〔四九〕孁說文女字也竛彾跉竛竮行皃或从彳从足呤坤會吟呤語也詅衒也魿𩴇也〔四八〕冷吳人謂〔五〇〕冰曰冷澤聆說文聽也鈴〔五一〕說文令丁也玲說文玉聲醽𨣍𨢻𨠊湘東美酒或不省亦作醽酃通作酃酃說文長沙縣亦清河縣齡古者謂年齡〔五二〕亦齡也通作秢獜〔五三〕

〔五四〕手

〔五五〕也

〔五六〕⿰金霝

〔五七〕公瓦

〔五八〕⿱竹⿰霝瓦

犬聲 鄍縣名 颬寒風 ⿰禾靈秢艸莖踈也或从零 拎掕⿰扌靈〔五四〕懸捻物也

或从零从靈 令使也 囹說文〔五五〕獄名 〔五六〕⿰霝頁說文面瘦淺⿰霝頁⿰霝頁也 㾉瘕病 岭

山深也或書作岺 阾顛阾阪名〔五七〕通作軨 ⿰金霝鈴說文瓦器也或从令亦書作霝 瓴

⿰霝瓦⿱雨瓦說文⿰霝瓦〔五八〕似瓶或作⿰霝瓦⿱雨瓦 櫺⿰木零說文楯間子也或从零通作靈 欞方言屋梠

謂之櫺 柃說文木也 ⿰舟霝⿰舟靈舲⿰舟零舟也一曰舟有窗者或从靈从令从零 軨

⿰車霝說文車轖間橫木或从霝司馬相如說 苓⿱艹領艸名說文卷耳也一曰茯苓藥艸或

从領 蘦艸名說文大苦也 蕶艸蕶落也通作苓 笭⿱竹軨說文車笭一曰笭籯

也或从軨 ⿱竹聆⿱竹靈竹名一曰竹器或从靈 麢⿸鹿零⿰羊靈⿰羊霝羚說文大羊而細

〔五九〕⿰角霝

〔六〇〕鵅

〔六二〕根

〔六三〕涷

角或从零亦作⿰角靈⿰角霝羚 駖駖轞車騎聲 ⿰令毛毛結不理通作〔六〇〕令 ⿰鼠令博雅⿰鼠令⿰鼠令鼠屬〔五九〕

狑⿰犭霝⿰犭靈良犬也秦有狑或作⿰犭霝⿰犭靈 鴒⿰霝鳥鵅鴒鳥名或从靈通作令 ⿰霝鳥⿰零隹

鳥名鵅小者⿰霝鳥或从隹 翎〔六一〕說文羽也 魿說文蟲連行紆行者一曰魚名 ⿰虫霝說文螟〔六四〕⿰虫霝桑蟲

也通作蛉 蛉蟲名說文蜻〔六二〕蛉也一曰桑根 紷緶絜一曰絲細束爲紷布細〔六三〕涷爲繐 ⿰鹵令鹽也

⿰令虎獸名似虎而小出南海 怜⿰忄靈心了也或从靈 ⿰令瓜小瓜出南海 ⿰牛靈⿰牛令牛名

或作拎 ⿰令丁撞也 ⿱雨𠛎⿰零刂刢刀剖物或作⿰零刂刢 ⿰飠令方言餌謂之⿰飠令 ⿰飠零

食飽也 ⿰口聆耳聲 砱⿰石靈⿰石零石也或从靈从零 ⿸广靈⿰谷靈巖穴或从谷 坽

崚岸 ⿰火靈⿰火零火光也或从零 ⿱艹靈蘦艸名旱荷也一曰蔬似葵或省 ⿰虫靈蟲名丹良

【六六】健　【六七】㗊三
【六八】⿰骨廷　【六九】涔　【七〇】而
【七一】霝
【七二】第
【七三】囊　【七四】六

也綅絜也秢禾始熟曰秢閝闒門上窻謂之閝或从霝罖罟罖囹也
【六五】⿰犭零獸健也庈屋宇⿰霝殳擊也澪水名㗊【六七】衆聲也从四口轜轜輅廏名
髎骱髎⿰骨廷骨【六八】通皃或省⿺走霝犬走逐皃涔【六九】水名楚辭望涔陽兮【七〇】而極浦⿰氵霝⿰氵靈
水曲或从靈⿱髟霝⿱髟令髮疏也或从令⿰白霝⿰白零⿰白令白色或从霝从零从令
⿰目霝⿰目零目光或从零⿰衤靈⿰衤零⿰衤令衣光也或从零从令⿰豕零⿰豕令猪⿰豕零藥名或从令
令⿱霝黽黃⿱霝黽黽名⿱艹霝艸名蔓生⿱穴霝穴也⿱霝囟天⿱霝囟【七一】人頂骨可爲藥⿰爿霝⿰爿零⿰爿令
牀第【七二】或从零从⿰片令⿰阝霝隮鏄也⿱音霝⿱霝音音也或省⿰米霝⿰米零米餌或【七三】从零○
寧囊丁切說文願詞也又州名文十六寍說文安也从中心在皿上皿人之飲食器所以安人

【七五】磬
【七六】蛞
【七七】佞
【八〇】經坙
【八一】坙
【八二】蕩
【八四】甹

通作寧磬【七五】告也聹耵聹耳垢也一曰耳聒郱邢鄉名在馮翊谷口或作郱
⿰寧隹鳥名爾雅鴽【七六】鴝鵒或从隹嚀叮嚀囑辭【七七】通作寧⿱寧虫蠕說文【七八】蟲也一曰螻蛀或作
蠕佞諂也莊子佞人之心【七九】鄭象讀⿱寍天旻天謂之⿱寍天濘汀濘小水嬣女字
【八〇】⿱寍冉願也○經綎坙堅靈切說文織也一曰常也又國名亦姓古作經坙文十二
【八一】坙說文水脈也一曰水冥坙也涇說文水出安定涇陽开頭山東南入渭雝州之川也鵛⿰巠隹
鳥名爾雅鶪鵛或从隹徑行過也剄說文刑也桱說文桱桯也【八二】東方謂之蕩⿱艹經
藤類江淮人經絲用之鄄鄉名在密縣○馨醯經切說文香之遠聞者【八三】文六[illegible]
說文聲也蛵蟲名爾雅虰蛵負勞即蜻蛉也⿸虍亭【八三】⿸虍亭池水名泂滄也甹【八四】定息○彤

[八五]𦥝

[八七]笵

[九〇]沔

[九一]玄

[九二]鋞

[九三]熒

乎經切說文象形也文二十七 荆 剘 說文罰罪[八五]也从井刀引易井法也古作剘通作刑 刑

說文剄也 硎 砥石 型 說文鑄器之法也[八七]一說以土爲法曰型以金爲法曰範以木爲法曰模 鋞

說文[八八]溫器也圜而直上 鉶 𨧓 說文器也即禮盛和羹器或从形通作鈃 鈃 瓶 甄

鈃 說文似鍾而頸長一曰酒器或作瓶甄鈃 陘 說文山絶坎也亦姓 郉 鄉名在高密 邢[八九]

說文周公子所封地近河[九〇]内懷 蛵 蟲名說文丁蛵負勞也 娙 𡜪 好也或从刑 桯 方言

榻前几江沔之間曰桯 𤬻 小瓜 㟰 說文山[九一]谷也 岍 山名 䯖 骨也 坙 地名在趙通作

陘 緈 直也 侀 成也 ○熒 玄扃切說文屋下[九二]燈燭之光文十八 螢 蠑 火蟲

或从熒 褮 爾雅衸謂之[九三]褮一曰鬼衣 藀 艸名 滎 說文絶小水 䁝 說文惑也 褮

[九四]灐

[九七]襄

[九八]禪

[一〇〇]皃

說文小瓜也 嵤 巆 岭巆山深皃或从營 嫈 好也一曰態也 鎣 博雅磨也一曰器[九五]也

賙 貨也 洞 洞澤地名通作熒 謍 小聲 濴 回波曰濴 濙 濴[九四]濙小水皃 謍

辯解也莊子口將營之 ○扃 消熒切說文外閉之關也一曰鼎扃古作扃或作閪 扄 閪

文十七 冂 同 坰 說文邑外謂之郊郊外謂之野野外謂之林林外謂之冂象遠界也古从口象國邑或从土 駉 說文牧馬苑也引詩在駉之野 駫 [九六]說文馬盛肥引詩四牡駫駫 𪕒

博雅鼠 絅 說文急引也 濙 [九七]水名在襄陽 熲 光也 鉉 舉鼎也 顈 禪[九八]也

泂 大洞地名一曰水皃 耿 明白也楚辭吾所陳之耿著 𣘗 木名 ○娙 五刑切廣雅好也文一

○菁 子丁切韭[九九]華也一曰茅有毛刺曰菁茅文二 青 [一〇〇]請青茂盛也通作菁 ○

【一〇二】冂

【一〇三】絜

【一】析

【二】稌

【三】蘯 蘯

【四】拼

嫈【一〇一】於丁切博雅好也文四 嫇嫇呤小語 鯖魚名青色有枕骨 鎣器名 ○瀯烏熒切水皃文四 罃小聲【一〇二】 䁝深目皃 嫈好也 ○坰欽熒切林野之外地文五

硎石聲 絅急引也 冂遠也 洞大洞地名 ○更古青切歷也文一 ○屐子坰切不借之粗者曰屐文一 ○桯餘經切博雅桯㮛俎几也文一 ○謦苦丁切不可近也文三

窒空也 檠側器傾酒漿也 ○嫈於螢切女人潔【一〇三】清皃文一

十六○蒸諸仍切說文折【一】麻中幹【二】也或省文十二 烝說文火氣上行也一曰君也進也衆也淫上也 譝譝仍語煩 脀膡以牲實鼎或作膡 蘯博雅蘯【三】謂之蘯 篜竹炬一曰竹名皮有文 𣪩擊也 承丞承陽縣名在長沙或作丞 拼【四】取也拔也

【五】脀

【六】丞

【七】戒

【九】疊

【一一】吳

【一三】龠

○承𢍏𢪸承辰陵切說文奉也受也又姓或作𢍏𢪸承文十四 丞丞說文翊也从廾从卩从山山高奉承之義隸省 脀【五】說文騃也 𨋩㢔說文䡛車後登也或从广

𣶒【六】博雅潛泳没也 郕成地名或省 倣理也 拼上舉也 ○繩神陵切說文索也文二十一 譝譽也通作繩 憴爾【七】雅憴憴戚也 乘椉𠔋【八】說文覆也从入桀桀黠也軍法曰乘一曰四矢曰乘亦姓或作椉𠔋 𨍏輮車一乘也或作輮 騬騬說文犗馬也【一〇】或从棄 澠水名 溗𣻡淩溗疊【九】波一曰水不流也一曰水名或从棄 塍

塍𣄰塖堘說文稻中畦也或作塍𣄰塖堘 鱦江東謂魚子【一二】未成者曰鱦 嵊亭名在吳【一一】 䋲妊也 ○升書蒸切說文十籥也一曰布以八十縷爲升一曰進也成也文十二

〔一四〕㇏　〔一五〕艸　〔一七〕耳　〔一六〕于

昇 日之升也又州名或作陞 陞阩跰 登也或省亦从足通作升 勝䎸 說文任也从舟亦姓古作䎸 拼撜 上舉也或从登 [illegible] 麻屬 [illegible] 登車也 ○稱 說文銓也从禾爯聲春分而禾生日夏至晷景可度禾有秒秋分而秒定律數十二秒而當〔一二〕一分十分而寸其以爲重十二粟爲一分十二分爲銖故諸程品皆从禾又姓俗作秤非是文七 爯 說文并舉也 偁 說文揚也 [illegible] 巨[illegible]藥艸 秤 耒也 [illegible] 偁悚愚皃 媶 女字 ○仍 如蒸切說文因也文十九 扔[illegible]戎 說文因也一曰引也或作[illegible]亦省 訒 說文厚也或从仍 礽 福也通作仍 陾 說文築牆聲引詩捄之陾陾 艿芿 說文艸也一曰陳草相因〔一五〕艿或作芿 [illegible] 木也 珥 割牲以釁也周禮珥〔一六〕社稷 耳〔一七〕

〔一八〕㬎　〔一九〕鷩卤逌　〔二〇〕仌　〔二二〕冰　〔二四〕河　〔二五〕砅

〔一八〕昆孫之子爲耳孫通作仍 卤逌 說文驚聲也古作逌通作迈〔一九〕 迈 及也往也 陑 地名 玽 玉器〔二〇〕 秎 禾名 ○仌冰 〔二一〕悲陵切說文凍也象水凝之形或从水亦書作冫文六 弸 弓彊皃 掤 說文所以覆矢也引詩抑釋掤忌通作冰〔二二〕 淜 無舟渡也〔二三〕 輣 車 ○淜 披冰切淜滂水聲文七 砅〔二四〕 砰 水激山也或作砯 脉 腹脹皃 馮 盛也 ○〔二五〕 軿 春秋傳震電馮怒徐邈說 凴 凴𤃩水皃 堋 削牆土隕聲 ○凭 皮冰切說文依几也引周書凭玉几或書作凴文八 凴 依也厚也滿也 倗 或作倗通作凭 凴 說文無舟渡河也通作馮 蘮 蘮蘮艸木盛 馮 說文馬行疾也一曰乘也 㵗 據也 ○繒 慈陵切說文帛也籀从宰省楊雄以爲漢律祠宗廟丹書告文十六 鄫 說文姒姓國在東海

⿱曾火 置魚筩中炙[二七]或書作熷 驓蹭 爾雅馬四骹皆白驓或从足 騬 犗馬[二九] 橧 ⿰豕曾 爾雅豕所寑橧或从豕 竲 高皃 䙢[二八] 汗襦 嶒 崚嶒山皃 甑 炊器 噌 泓噌空[三〇]囂意 ⿰牛曾 牛名 僧 僧倰不寧也 ○徵 𢿌 數 壬 知陵切說文[三一]从微省壬爲微行於微而聞達者即徵之一曰成也明也亦姓古作𢿌數壬文七 ⿰徵阝[三二] 古國名 癥 足瘡一曰腹病 斺[三三] [三四]旌旗杠皃 ○僜 丑升切倰僜病行皃文六 庱 [三五]亭名在吳興 棱 吳人謂酢柚爲棱 睖 睖瞪直視皃 ⿰虫夌 蛉屬 給[三六] 絲勞也 ○澂 瀓 澄 持陵切說文清也或作瀓亦从登文十一 懲 說文㣻也通作徵 瞪 直視 憕 說文平也謂心平 承 漢縣名[三七]在東海一曰楚言春秋傳蔡昭侯將如吳諸大夫恐其又遷也承 橙 橘屬 徵 縣名在同州 紿 絲勞也

[二七] 筩
[二八] 䙢 襦
[二九] 泓
[三〇] 囂
[三一] 召也 數
[三二] ⿰徵阝
[三三] 於 皃
[三五] 「興」
[三六] 給

膡 美目皃 ○夌[三八] 閭承切說文越也从夊从兂兂高也一曰夌徲文三十四 陵 餕 說文大阜[三九]古作餕 淩 說文水在臨淮又姓 滕 淩 說文仌出也引詩納于滕陰或从夌 倰 𠡬 ⿰夌攴 侵尚也或从力亦作⿰夌攴 㥄 憐也怖也 ⿺走夌 說文去也 掕 止馬也 裬 馬腹帶也 輘 車轢也 ⿱竹夌 竹名 餕 騋 餕馬食粟曰餕或从馬 ⿰米夌 稜 烏稜稻名或从禾 婈 婈娙鬼出也一曰病皃 祾 博雅祭也一曰福也 綾 說文東齊謂布帛之細者曰綾 崚 崚嶒山皃或書作⿱山夌 蔆 蘧 菱 蔆 說文芰[四〇]也楚謂之芰秦謂之薢茩或从遴司馬相如說或作菱蔆 睖 睖瞪直視 鯪 鯪鯉魚名一曰獸[四一]名一曰石鯪藥名 庱 亭名在吳 碐 石皃 倰 姓也 棱 柧也 婈 女名 ○蠅 繩 余陵切說

[三八] 夌 文兂
[三九] 皀 餕
[四〇] 芰

〔四三〕痲　〔四四〕也或
〔四五〕興　舁
〔四六〕士
〔四七〕競
〔四八〕矜　〔四九〕齡

文營營青蠅蟲之大腹者或从女文三〔四三〕　僌理也　○膺膺於陵切說文胷也或从骨文十
一　應說文當也亦姓　䧹鷹說文鳥也从隹瘖省聲徐鍇曰鷹隨人指蹤故从人或作鷹
䁝膺或作膺　𧕎蟲名寒蜩也　譍應荅言也或作應　雁
闞人名〔四四〕漢有雁疕〔四五〕　○冰凝冰魚陵切說文水堅也一曰成〔四六〕从疑古从仌文四　凝
肥也　○興虛陵切說文起也从舁从同同力也又州名文四　嬹悅也一曰〔四七〕敹名　鄭地名
⿱艹興⿱艹興蕖菜名一曰〔四八〕芸薹　○硱斯矜切硱磳石皃文一　○磳七冰切硱磳石皃文一
○兢兢居陵切說文競也从二兄二兄競意一曰敬也〔四九〕古作兢文十一　矜說文矛柄也一
曰慇也莊也　齡〔五十〕爾雅滷齡鹹苦也　𤠔〔五一〕博雅𤠔衍大也　㚚䧙㚚鬼出　獜獸名

〔五一〕歺　朽　卢
〔五二〕騎　驓
〔五四〕枭
〔一〕奴
〔三〕弄　登

〔五一〕歺骨朽之餘或作歺亦書作卢　伶大也慎也通作矜　𥞊寡也通作矜　○
儚亡冰切爾雅儚儚惛也〔五三〕文一　○𪊖〔五二〕即凌切爾雅𪊖謂之鷵文一　○熊矣兢切獸
名文一　○耾〔五三〕筠冰切耾耾聲也文一　○綾〔五四〕息凌切綾繒也文一　○㚚巨興切㚚㚚欲
死皃文四　兢兢兢堅彊皃　䔷䕨艸名根可緣器或从金　○㚚色矜切㚚㚚欲死皃
文二　⿰木兢艸木盛皃
十七　○登𤼷蹬僜都騰切說文上車也从𣥠豆象登車形籀从収或从足从
人登一曰姓也亦州名文二十四　鐙燈說文錠也徐鍇曰錠中置燭故謂之鐙或从火　璒
說文石之〔二〕似玉者　𢍺登甑說文禮器也从廾持肉在豆上或作登甑通作鐙　㲪毹㲪

〔三〕鼔

〔五〕絺

〔六〕⿱艹⿰弓几

罽也　簦說文笠蓋也　鬔鬔髮毛不理皃　䔲金䔲艸名　𨃓𨃓𨃓立皃　⿰登鳥鳥名鵂鵬也　澄小水相益也　饏祭食謂之饏　鼟鼓聲　⿸疒登病也　⿰女登美女皃　覴久視也　墱墱墱築墻皃通作登　磴益石也　○鼟鼞他登切鼓聲也或作鼟文九　膯吳人謂飽曰膯　澄小水相益　磴益石也　⿰虫登伸之長也　驣馬傷穀病　鼟倰鼟長也　鬙益也　○騰徒登切說文傳也一曰騰犗馬也俗作驣非是文二十五　𨄔踜𨄔行皃　滕說文水超涌也又國名亦姓或書作朕　謄說文迻書也　⿰目朕美目也一曰大視　⿰忄滕懵憏迷亂　儯僜倰儯長也或作僜　〔五〕⿸疒滕⿸疒縢痛病或从縢　縢⿰糸滕⿰糸登說文緘也或作〔六〕縢縢　幐說文囊也　藤⿱艹⿰弓几藤艸名胡麻也一曰藟也　⿰虎騰⿸虍騰說文黑虎也或省

〔九〕䬬

〔一〇〕能

〔一一〕倰

〔一二〕⿰阝朋

螣⿰虫滕說文神蛇也一曰蝗也或作螣　〔七〕䲢鰧魚名山海經來需之水多䲢魚其狀如鱖或作鰧　黱黑皃　籐竹器　〔八〕䕨䕨瞢目暗　鼟鼓聲　○棱楞盧登切說文柧也或作楞俗作稜非是文十五　輘輘輷車聲　倰博雅長也　〔九〕䬬䬬䬬大風　祾博雅祭也　踜蹶也一曰踜𨄔行皃　䯁骨高皃　崚崚嶒山皃　䔖菠䔖菜名　掕博雅止也　倰方言倰憮哀也　餕馬食穀病　碐石皃　笅竹名　○能䏻耐奴登切說文能屬足似鹿〔一〇〕能獸堅中故稱賢能而彊壯稱賢傑也〔一一〕或作䏻耐文六　⿰氵能水名　⿱髟乃鬔鬇毛不整　而安也易宜建使而不寧鄭氏讀　○⿰山朋⿰阝朋⿰阝崩悲朋切〔一二〕說文山壞也古从𨸏或作⿰阝崩亦書作崩文八　倗阿黨也　⿸疒朋女病血不止　⿰朋斤斸也　⿰朋刂斫也　鵬鳥名　○漰披朋

【一四】瞢
【一六】鯍
【一八】夌
【一九】瞢

切水激有聲也文三　堋振動也　弸弸環弓聲　○𦐔【一三】朋蒲登切輩也說文爲古鳳字鳳飛羣鳥從以萬數故以爲朋黨字隸作朋文十　鵬鳥也莊子北溟之鯤化而爲鵬說文亦以爲古鳳字隸从朋　倗說文輔也　鬅鬅鬙髮亂　堋射埒　棚博雅閣也　輣兵車也

蹦走也　傰姓也前漢有南山盜傰宗　○瞢【一四】矒彌登切目不明也或作矒文十九

夢爾雅夢夢亂也　儚懜懵⿰亻瞢⿱夢頁爾雅儚儚惛也或作懜懵⿰亻瞢⿱夢頁　盳野民【一七】

萌蕄爾雅蕄萌在也或作蕄【一五】俗作蔄非是　蘉勉也　鯍【一六】鱛魚名說文鮔鯍也或从瞢

⿰曾色⿰曾色艶神【一八】亂也　蕿博雅蕿葳也　鄫邑名在曹　媒媒媒晦皃　瞢【一九】瞢瞪曰無光　○

僧思登切浮屠道人文三　鬙鬅鬙髮長　艶⿰曾色艶神亂　○增咨騰切說文益也文

【二〇】冋
【二一】泒
【二二】⿱罒鳥
【二三】⿰礻曾 ⿰礻需【二四】曾 曽【二五】瞢
【二六】搄 揯

十九　譄說文加也　曾則也又姓　憎說文惡也　罾【二〇】說文魚网也　矰⿰曾弋說文隿䠶矢也或从弋

⿱罒炙說文置魚笱中炙也或書作熷　翻博雅翻翥飛也一曰舉也　潧水名　橧𨗨聚薪以居也夏則【二一】居橧巢或作增　磳磳磳石皃　䔲艸名博雅[illegible]䔲也

繒帛也　噌泒噌空⿱罒鳥【二二】意　璔玉皃　⿰女曾女字　層重屋　○層徂棱切說文重屋也通作曾文十四　繒帛也　⿰礻曾【二三】楚人謂襦曰⿰礻曾　曾【二四】說文詞之舒也　⿰日曾瞢【二五】⿰日曾日不明

⿰目曾瞢⿰目曾目不明　嶒崚嶒山皃　驓爾雅馬四骹皆白者　橧⿰豸曾博雅圈也或从豕　竲窮高謂之竲　⿱竹曾簦⿱竹曾笠也　譄加言　⿰月曾肥也　○搄【二六】揯居曾切說文引急也或省文七　緪絙說文大索也一曰急也或省　亘剖也　鮔魚名說文鯍也

〔二七〕恒　㇏

〔二八〕弧

〔二九〕䫖

〔三〇〕弘

〔三二〕（𦳝藤）

〔三三〕懱

恒弦也詩如月之恒沇重讀通作絙○恒〔二七〕亙㮓胡登切國諱說文常也从心从舟在二之閒上下心以舟施當也引詩如月之恒一曰山名古作亙㮓文七峘〔二八〕爾雅小山岌大山峘佷佷山縣名在武〔二九〕陵姮女字楦藥艸楦山○薨呼弘切說文公侯殦也一曰壞聲文八儚䫖說文惽也或从頁飌颰大風也或从厷瀇水聲𦿆䝁博雅〔三一〕𦿆𦿆飛也或作䝁通作薨○厷𠃊肱姑弘〔三〇〕切說文臂上也古作𠃊徐鍇曰象人曲腕而寫之乃得其實不爾即多相亂或作肱文五䡏鞃車軾中靶或从革○𢒦七曾切毛張皃文二〔三二〕竑度廣也○弘胡肱切說文弓聲也一曰大也文四䡏車軾中靶苰（𦳝藤）艸名胡麻也閎門也○鞃䩄䡏軚苦弘切說文車軾也引詩鞹鞃淺懱〔三三〕

〔三五〕乙

〔三六〕脏

〔三七〕𡉏

〔三八〕也

〔三九〕止

或作䩄䡏軚文六苰苰藤艸名宖〔三四〕室響○泓〔三五〕乙肱切下深皃文一○鞥一憎切馬轡也文一○奟𠠲肯登切倰奟彊大皃或从力文二

十八○尤𡯯于求切說文異也徐鍇曰乙欲■出而見閡見閡則顯其尤異也一曰甚也過也又姓古作𡯯文二十𣏌木名腄脏〔三六〕縣名在東萊或作脏肬疣𪐴說文贅也或作疣𪐴忧不動○郵𨚓說文境上行書舍从邑垂垂邊也一曰事之過者爲郵亦姓一曰田閒舍或作𨚓訧說文罪也引周書報以庶訧通作尤蚘𡉏〔三七〕蚘古諸侯號通作尤𦵼艸名或作𦬊駀馬名𧱓豕名妭女字𨑻經過〔三八〕也沋說文水名○休庥茠虛尤切說文息土〔三九〕也从人依木或从广从艸文二十三·咻煦

〔七〕从

〔八〕也

痛念聲或作眗通作休　脙脨賂　腹脊間謂之脙或作脨賂　髹髤髹　說文桼也

一曰赤多黑少之色或从休亦省　貅貅㺅　摯獸名或省亦从犬　傌　說文馬名　鵂

舊　鳥名博雅怪鵂也或作舊　痳　痳息下病　[illegible]　水皃　烋　美也和也善也通作休　[illegible]

廢也　[illegible]　女字　烋　吳俗謂[illegible]爲烋　○北丠[illegible]丘垔　袪尤切說文土之高也非

人所爲也从北〔七〕一一地也人居在丘南故从北中邦之居在崐崘東南一曰四方高中央下爲丘一曰空

也又姓古作丠或作丘垔亦書作坵文十八　區　域也　邱[illegible]　說文地名或作[illegible]　[illegible]

博雅迫也　蓲　說文艸名〔八〕　蚯　蚯蚓蟲名　龜　龜茲西域國名　[illegible]惆　戾也或作惆

[illegible]　揉屈也　驅　疾馳也　[illegible]　聲也　[illegible]　水也　[illegible]　女字　○惆　尼猷切戾也文

〔一〇〕也

〔一一〕裒

〔一二〕戴弁

〔一三〕怨

五　[illegible]　揉屈也〔九〕　[illegible]　愁也　[illegible]　[illegible]呢小兒聲　[illegible]　小痛　○鳩[illegible]　居尤切鳥

名說文鶻鵃也文二十一　勼九慦救　說文聚也或作九慦古作救通作鳩　[illegible]

藥艸或作艽　捄　盛土蔂中　丩　相糾繚也　[illegible]　絕力也　[illegible]　艸相糾　[illegible]

[illegible]瘤肉起〔一〇〕一曰腹中急　璆　玉名　摎　說文縛殺也　[illegible]〔一一〕　大牡謂之[illegible]　[illegible]　車長軫也

劉　劉流回轉皃　[illegible]　竹名　朻樛　曲木或作樛　○求　渠尤切索也亦姓文六十

六　宷〔一一〕　搜室也　裘　說文〔一二〕皮衣也一曰象形與裘同意亦姓　俅[illegible]　說文冠〔一三〕飾皃引

詩弁服俅俅或从頁　絿紌　說文急也引詩不競不絿或从九　扏　〔一四〕扏扏緩持也一曰不固

仇[illegible]　說文讎也一曰仇匹也亦姓或作[illegible]通作逑　[illegible][illegible]　恕也或作[illegible]亦書作慦

〔一六〕叴
〔一八〕鞠
〔一九〕匕
〔二〇〕頯
〔二一〕銶
〔二二〕鼽歍
〔二三〕磬
〔二四〕戟
〔二六〕「也」
〔二七〕蓐

叴〔一七〕說文高气也臨淮有叴猶縣〔一七〕一曰三隅矛或書作叴 訄 說文迫也一曰安也謀也或書作訅 逑〔一八〕說文聚斂也引虞書旁逑孱功 趙趜 足不伸也或作趜 ⿰足求 蹋也 毬皳 丸踘或从皮 脙胳 說文齊人謂臞脙也或从咎 捄 長皃詩有捄棘心〔一九〕 觩觓⿰牛求 角皃或作觓〔二一〕銶 肍 說文肍肉醬也 頄頯 面顴也〔二〇〕或作頯 鼽歍 說文病寒鼻室也或作歍 㺬〔二二〕爾雅終也 釚⿰金丩⿰金仇 弩機謂之釚或从丩从仇 銶 鑿屬通作釚 球璆 說文玉聲也〔二三〕一曰美玉或从翏 賕 說文以財物枉法相謝也一曰〔二四〕戴質也 ⿰求阝 說文地名一曰鄉名在陳留 ⿰谷九〔二五〕饅⿰谷九亭名在上黨 ⿱林九 亭名在新市一曰荆也 馗鳩 爾雅中馗菌也〔二六〕或作鳩 艽 說文遠荒也引詩至于艽野一曰獸蓐〔二七〕 ⿱艹仇 ⿱艹仇蕡艸名 莍 說文莍樧

〔二八〕裹裘
〔三〇〕虵

〔二八〕實裹如表者 梂 說文欒實也一曰鑿首 杦 木名〔二九〕爾雅杦繫梅 ⿰山求 山名 浗 水名 犰 犰狳獸名鳥喙鶡〔三〇〕目蛇尾 ⿱求䖵蛷 說文多足蟲也或从虫 ⿱竹求 小籠也 ⿱穴求 深也 ⿰爿求 廣雅⿰爿求〔三一〕⿰爿求柎也 ⿺走求 違也 ⿰言求 止也 ⿸广求 偏厦 ⿹戈求 矛飾 ⿰風求 小風 盚 姓也 ⿰女求 女字 氿 水厓也 捄〔三二〕盛土虆中 ○牛 魚尤切說文大牲也牛件也件事理也又姓文三 ⿱艹牛 艸名一曰⿱艹牛藤藥艸 汼 水名 ○⿱頁心懮 於求切說文愁也或作懮通作憂文二十五 優 說文饒也一曰倡也又姓 憂⿰彳憂 說文和之行也引詩布政憂憂或从彳 瀀 說文澤多也引詩既瀀既渥 麀⿸鹿幽 爾雅牝鹿也或从幽 櫌耰 說文摩田器引論語櫌而不輟或从耒 鄾 說文鄧國地也引春秋傳鄧南鄙鄾人攻之 怮 怮怮

〔三三〕笄　〔三四〕蚴　〔三六〕皀　〔三八〕杼　〔四〇〕鹵　乞　〔四二〕淹　〔四三〕脩

憂也一曰含怒　嘎說文語未定皃通作歠　獶犬名　⿱艹憂菜名　纋〔三三〕笄中央紩曰纋　妋鼻目間有恨也一曰貪皃　燠奥燠休痛念聲或作奥　蚴〔三四〕蚴蚴龍皃　呦鹿鳴　𢆶微也　歠歐歠嘅也一曰气逆老子終日號而不歠　嚘〔三五〕地名　鷗鳥名水鴞也山海經玄股國人衣魚食〔三五〕鷗　○由夷周切因也用也又姓文八十六　皀〔三六〕柚說文木生條也从弓由聲引商書若顛木之有皀枿古文言由枿徐鍇曰說文無由字今書由作皀枿蓋古文省弓而後人因之从弓上象枝條華函之形或作柚　䛂徒歌一曰〔三七〕從也或書作䛳　䍃說文瓦〔三九〕器也　冘冘豫不定通作猶　抌舀眈揄〔三八〕杼臼也或作舀眈揄　⿸广歈〔四一〕揄歈舉手相弄　蓾蕕〔四三〕說文艸也　或从〔四〇〕鹵𠧢說文氣行皃古作𠧢　揂〔四二〕掩也　卣脩中尊也或作脩　⿰卣見

〔四四〕⿱卣玉⿱卣金　〔四五〕游　流　〔四六〕⿺辶䌛

深視　苬瑞艸爾雅苬芝謝嶠讀　⿰卣見說文下視深也　⿱卣玉⿱卣金〔四四〕玉名山海經平丘有遺玉　逌迂〔四五〕遊或从卣　遊斿旒汓說文旌旗之旒也或省亦作旒古作汓　⿺辶汓⿺辶子遊說文行也或从子从斿通作游　⿺辶䌛〔四六〕說文行⿺辶䌛徑也　䌛爾雅迪䌛道也一曰喜也　猶⿰豸酋獸名說文玃屬一曰隴西謂犬子爲猶一曰似麂居山中聞人聲豫登木無人乃下世謂不決曰猶豫或从豸一曰猶若也可止之辭也　猷道也謀也通作猶　悠說文憂也一曰遠也　攸汥攸　泅說文行水也徐鍇曰攴入水所杖也又姓秦刻石嶧山文作汥或作攸古作泅　逌〔四七〕所也通作攸　滺浟流皃詩淇水滺滺或作浟通作悠　油說文水出武陵孱陵西東南入江一曰膏也一曰油油和謹皃　柚柚梧竹名一曰橙屬　秞禾盛曰秞一曰物初生皃　蕕⿱艹猷說文

〔五〇〕山」
〔五一〕禃
〔五三〕左
〔五四〕也」
〔五六〕羸
〔五七〕然」軌
〔五八〕濟

水邊艸也一曰臭艸或作蕕茜〔四八〕水艸名〔四九〕爾雅茜蔓于蘨艸盛櫾說文崐崘山〔五〇〕河隅之長木
也楢說文柔木也工官以爲耎輪〔五二〕槱禉〔五一〕燎柴也或作禉輶說文輕車也引詩輶車鑾
鑣⿸疒酉博雅病也偤侍也圝囮捕鳥媒也或作囮庮詹棍謂之庮一
曰久屋朽木也或从卣郎郎亭名在〔五三〕馮翊高陵縣或作郎鮋鯈小魚或从攸〔五四〕
⿰由鳥鴭夷鳥名蝣⿰虫㐬蟲名〔五五〕爾雅蜉蝣渠略也或从㐬⿺風攸颵颼風聲蚰蚰蜒蟲名璆
美玉蝓〔五六〕虒蝓羸也儵疾皃莊子儵〔五七〕而往李邈讀鰷白魚也筱爾雅屋上薄謂之筱
岫爾雅山有穴爲岫俞然也猇縣〔五八〕名在齊南⿱山攸山海經硜山有獸狀如馬而羊
目四〔五九〕角名曰⿱山攸⿱山攸⿱攸女女字⿱艹游艸名⿰舟斿舟行也浟治帛也⿰虫酉蝤蛑水蟲

〔六二〕幻
〔六三〕盩
〔六四〕菲
〔六五〕擂
〔六六〕脩
〔六七〕⿰耳脩

怞憂皃翛翛翛鳥飛皃○⿰亻⿱臼儿〔六〇〕彌攸切足腫也〔六一〕文一○輈⿰車壽張流切說文轅
也籒从⿰車壽文二十二⿺走周⿺走周⿺走叟行不進也⿰目壽⿰目壽張目動皃咮鳥噣啁啁噍鸞雀聲
怞憂也調朝也詩惄如調飢譸嚋⿰口譸說文詶也周書無或譸張爲幻〔六二〕或作嚋
古作嚋盩〔六三〕說文引擊也扶風有盩厔縣一說山曲曰盩水曲曰厔俗作盩非是⿰矢舟射鳥矢或⿰矢昔作
⿰舟矢侜說文有廱蔽也引詩誰侜予美跦跳行皃春秋傳鸜鵒跦跦倜侏菲〔六四〕也太玄
物咸倜倡或作〔六五〕侏鵃鳥名說文鶻鵃也⿰馬舟⿰馬舟騪馬名⿰言舟多言也⿰火酉燥也璆
美玉○⿰扌留抽⿰扌秀丑鳩切說文引也或从由从秀文二十紬引絲緒也妯動也
悼也婤女字脩〔六六〕⿰耳丩說文眣也〔六七〕或从丩⿰耳脩儌⿰耳失〔六八〕失意視也古作儌眣⿰亻⿱攸足

[六九]瑕　[七〇]鯈　[七二]倏　[七三]翿　[七五]朗　[七六]躊　[七七]褌　[七九]𠷎𠷎　[八〇]𠷎

足病　瘳說文疾瘉也　廖闕人名[六九]春秋周有瑕廖　揄垂手行也　鯈山海經[七一]彭水多鯈[七〇]魚其狀如雞三尾六足四首　譸譸讀不決　倏[七二]犬走　篸竹相合也　惆說文失意也[七四]

○儔翿[七三]侶陳留切說文翳也一曰侶也或从朋古作𠷎文六十五　怞懤朗也[七五]憂也

或从𠷎　𦞣脯也　躊躇廣雅躊[七六]躇猶豫也或从𠷎　幬幬惆說文襌[七七]帳也或作幬惆通作裯　裯襌被也　紬說文大絲繒也　綢繆說文繆也[七八]或作繆　袖

禂祝也或从留　妯動也　𤳈𠷎疇說文耕治之田也从田象耕屈之形或省亦作[七九]　𠷎𥈞嚋譸說文詞也引虞書帝曰𠷎咨或作𥈞嚋譸　𠷎[八〇]說文誰也　通作𥈞𠷎　稠說文多也　薵𦼮艸名博雅薵藸葱也或从𠷎　䓷𦾰艸名博雅

[八二]髫鬌　[八三]每　[八四]毆　[八五]留

菗蒢地榆也或从擂　籌說文壺矢也　篙篙說文篙箸或[八一]作篙通作籌　檮剛木也或書作燾　椆木名[八二]寒而不凋　聚姓也　髩髻說文髮多也或从周　燾溥覆照也或書作燾　飅颫風也或从𠷎　𪇆鵰𠷎南方雉名或从𠷎亦作𠷎

鯈說文魚名一曰魚子或書作鮋　鮋魚名　鰽魚之大者[八三]　鄯蜀江原地　擂

抽引也或作抽　盩諸盩周先公名　敦覆也禮毋敦一几劉昌宗說　婤女字春秋傳衛襄公嬖人婤姶　趎闕人名莊子有南榮趎[八四]　擣聚也史記上有擣著　𧮻谷名　嬦女字　犫厚也　毃棄也　毆縣擊扮也　濤潮也　懤心悖　酬報也易是故可與酬酢徐邈讀　儔闕人名春秋傳有伯儔

○留[八五]力求切說文止也又地名亦姓文八

[八六]逗　[八七]鐂　[八八]閼　[八九]𠠢　[九〇]鉚　[九一]旒　[九二]三

十七 遛 豆遛不進[八六]通作留 鐂[八七] 劉 說文殺也或作劉劉又姓亦邑名 閼[八八] 說文經繆殺也 摎 摷 束也捋也亦姓或从劉 勠 𠠢[八九] 并力也古作𠠢 憀 賴也且也 懰 㤹 懰慄憂皃一曰怨也或从留 瘤 䐬 說文腫也或从肉 鏐 鉚[九〇] 說文弩眉也一曰黃金之美者或从丣 翏 翏翏飛皃 瑬 說文垂玉也冕飾[九一]通作旒 旒 斿 游 統 㐬 旌旗之斿廣雅天子十二[九二]旒至地諸侯九旒至軫大夫七旒至轂士五旒至肩或作斿游統流 瑠 琉 瑠璃珠也或作琉 珋 說文石之有光璧珋也出西胡中 麍 皋也 蹓 博雅豌豆蹓豆也 裗 袿衣之飾 餾 飯饙熟[九三]爲餾 𤰜 說文燒種也漢律曰𤰜田茠艸[九四] 䊰 博雅粰䊰饊也 硫 磂 硫黃藥石或作磂通作流 𥬔 篂 竹名或作筂 嵧

[九六]若　[九七]名「而」　[九九]天　[一〇一]戎从斿　[一〇二]求　[一〇三]蠪　[一〇五]萬

嵧[九五] 嵧嵧山皃 榴 石榴果名[九六] 橊 扶橊藤緣木而[九七]生其味辛可食 劉 劉 說文竹聲也或作劉 藰 艸名藰弋也或作劉 蒥 香艸一曰蒥荑藥艸 㳅 流 沵 說文水行也或作流 瀏 漻 水清皃或从翏 飂 飀 䬟 說文高風也或从[九八]留从劉通作翏 膢 立秋祭名通作劉 鷚 鳥名爾雅鷚天[九九]鸙大如鷚色似鶉 騮 駵 說文赤馬黑毛尾也或作駵 䶉 鼦 說文竹鼠也如犬或从留 鶹 說文鳥少美長醜爲鶹離[一〇〇] 鸓 水鳥 鷚 鳥名博雅鷚鵂飛鸓 綹 綺屬[一〇一] 鰡 䱖 魚名或从留 蓅 菜名 蟉 蜉蝣蟲名[一〇二]朝生暮死 漻 漻漻手足凍皃 䄂 禾名一曰禾盛皃 蚢 蟲名似[一〇三]蠏而小 蟉 十二 蟉 蟲名說文蟉蟉也 溜 水名出鬱林 觩 觩觩角皃 蔞 萬蔞所以正車足

〔一〇六〕聊　〔一〇七〕犂
〔一〇八〕瑕　〔一〇九〕鷚
〔一一二〕䅉泔　〔一一三〕鎖
〔一一四〕乾
〔一一六〕腊　〔一一七〕倅　〔一一八〕穮

輪者　聊〔一〇六〕木名爾雅朻者聊　犂〔一〇七〕犂然栗然也　廖闕人名春秋傳有瑕廖　鷚〔一〇九〕鷚卵也　鎏美金謂之鎏　劉〔一一〇〕木名　劉定意　瑠執瑠狗名言善執留禽〔一一一〕獸　罶捕鳥具　昴星名詩維參與昴　熮火皃　繆枲十絜也　嬼女字　嬼〔一一二〕美也　○脩思留切說文脯也一曰長也又姓文二十一　修修說文飾也古省或通作脩　羞膳說文進獻也一曰致滋味爲羞或从肉从食亦作䐹羞一曰恥也　餐饈廣雅饋謂之餐　䅉〔一一三〕滫說文久泔也一曰溲也或作䐹〔一一四〕或从修　鏅〔一一五〕博雅鏅鉏鋌也　樇木名〔一一六〕說　稻䅉禾名或不省　鞙䪗軷鞋載麥三箱車河南穫麥用之或說載喪車非是　蓨也　鱐〔一一七〕鰷腊　嫪女名　颾風也　毴〔一一七〕毴羽悴皃　○秋穮〔一一八〕䵷雌由切說文禾

〔一一九〕乭
〔一二一〕雞　〔一二三〕閑秋
〔一二四〕底
〔一二五〕鰌
〔一二六〕鱧大　〔一二七〕雉射
〔一二八〕鼀
〔一二九〕鼀
〔一三〇〕埽　〔一三一〕迫

穀孰簉作秌〔一一九〕一曰秋秋馬騰驤也所謂秋駕以善馭不覂逸也又姓古作穮䵷文三十六　緧緅　緧鞧鞦說文馬紂也或从秋从叟亦作鞧鞦　趥蹭說文行皃〔一二〇〕或从足　萩　楸橚木名說文梓也或作橚通作萩　萩艸名說文蕭也　鶖鶖鳥名說文禿鶖也或从秋　鶖〔一二一〕鷄雛　湫〔一二二〕集也春秋傳蹇閼湫底〔一二三〕徐邈說一曰沱水　鰌鰍魚名說文鰌也　鱃〔一二四〕魚名博雅鱃鰌鰍也山海經蒼體之水多鱃魚狀如鱧〔一二五〕犬首食之不疣　䲡〔一二六〕收䲡　鼀〔一二七〕䵷鼀鼁具　䵷鼀鼀也或作䵷鼁〔一二八〕　鰍脩股脛間或从酋　畫鳌　鼀〔一二九〕先鼀蟲名詹諸　䵷蟲名爾雅次畫鼁或从秋亦作䵷　酋長也〔一三〇〕　湫色變　取取慮縣名在臨淮　楢木名山海經崌〔一三一〕山多楢杻中車材　婺女字　適白也　○犨將由切說文束也引詩百祿是

【一三二】揂　【一三三】湫　【一三四】鶵　【一三六】䐢　【一三七】咻　【一三九】頂上有細骨如鳥毛　【一四〇】蟳　【一四一】空

揫一曰聚也或書作揫文三十【一三二】揂愁說文聚也或作愁【一三三】醔酒官遒迺縣名在涿郡或作迺鶵【一三四】東梟也𩍂𩍂說文收束也或从要通作揫鬏髮接髮也噍燕雀聲禮啁噍之頃通作啾𦖈䐢【一三六】耳鳥或作䐢啾【一三七】說文小兒聲也或書作咻䳩方言鷄雛徐魯之間謂之䳩子猶【一三八】犬名湫水名在周地一曰安定朝那有湫泉或書作湬楢柔木一曰木堅中車材蝤蝤蛑大蟹一曰蟲名木蝎也鮂【一三九】烏化爲魚者頸有骨毛䅵禾生酋終也【一四〇】莤酒滓也鄭司農曰稻醴【一四一】清酒焦鐎釜屬或从金㥢慮也蟭蟲名蟳蟭螵蛸也𥦣窯宅穴中鼠聲煪火皃趥行○囚徐由切說文繫也文二十慒怬爾雅慮也或作怬傮嫱終也或从夕汓泅

【一四二】么猶　【一四五】滋　【一四六】愖　【一四七】惟　【一四八】戓

游浟說文浮行水上也古或以汓爲没或作泅游浟鮂魚名烏賊也陏九陏縣名【一四三】在臨淮茵爾雅茵芝瑞艸也一歲三華遒逡遒縣名在淮南【一四四】鰌鰽魚名似鯿而大鱗肥美多鯁或作鰽酋方言久熟曰酋【一四五】㚢殘也莤滓也莔艸名生水田子可食迺拘留也【一四六】○酋醔字秋切說文繹酒也禮有大酋掌酒官也或作醔文三十一浟莤博雅莤酒液也一曰水名在雍州或作莤愖𢡥博雅愖惡也一曰傲【一四七】也或从猷迺說文迫也或从酉𦖈耳鳴謂之𦖈䑻說文【一四八】推射收繳具𡺈嵍崒山皃緧馬紂愁變色皃熘燥也或書作煪禧祭天燎柴鰌魚名蝤蠐蟲名說文蠐齏也隸从曹揫䳩爾雅聚也一曰細也或作䳩猶良犬也鶵東梟也鬏

〔一四九〕尸　〔一五〇〕攸　〔一五一〕蚩　〔一五二〕周屬　〔一五三〕凨

髮棲髮也 楢木名 傮嫸終也或作嫸 〔一四九〕[氵愁]腹中有水氣 鰍鰽魚名或从曹〔一五〇〕

啾小聲 揂抒聚也 ○收[扌丩]口周切說文捕也一曰夏冠名古作[扌丩]文六 攸〔一五一〕縣名

在長沙 [目收][目收]斂容視皃 [攸牛]牛名 莜艸名荊葵也紫色 ○犨犫蚩周切說

文牛息聲一曰牛名又〔一五二〕姓亦地名或不省文四 趎闕人名莊子有南榮趎 [牜壽]畜無子謂之[牜壽]

○周周之由切說文密也又地名亦姓古作〔一五三〕周文二十八 𠣘說文帀徧也通作周

俗作週非是 賙振贍也 ○州〔一五五〕凨[舟刂]說文水中可居曰州周遶其旁从重川昔堯遭洪水民

居水中高土故曰九州引詩在河之州一曰州疇也各疇其土而生之古作凨[舟刂]又姓 洲渚也說文

通作州 舟說文船也古者共鼓貨狄刳木爲舟剡木爲楫以濟不通 輖說文重也一曰低也

〔一五六〕研　〔一五七〕周　〔一五八〕𠷎

粡〔一五四〕粄粡粉餌 婤說文女字也春秋傳嬖人婤姶 喌㖙喌喌呼雞聲或省 郮

國名黃帝後所封 [魚舟]魚名山海經英鞮〔一五五〕之山涴水出焉是多[魚舟]魚 [玉舟]玉也 翢弱羽

[石羽]〔一五六〕石也 淍水名一曰水匝 徟徟徫行皃 椆說文木也 [火舟]火行 [艹州]艸名

[艹周]艸名似葵五色 [周殳]禦也 脽尻也 洀水文也 ○讎[𠷎心]周〔一五七〕[周心]

時流切說文猶膺也一曰仇也古作[𠷎心]周[周心]文二十四 [酉𠷎]醻酬說文主人進客也或从壽

从州 詶[言𠷎]說文譸也或作[言𠷎] [𠷎殳]𣪷說文縣物殸擊或从壽 [𠷎攴]𣀓

[𠷎鬼]說文棄也周書以爲討又引詩無我[𠷎攴]兮或从壽亦作魗 [壽邑]說文蜀江原地 [𠷎]〔一五八〕

耕田器名 鮋魚名 [林口]地名 [𠷎]雉名 雔說文雙鳥也 栦木名 [𠷎]詞也

[一六二]䉤

[一六三]鬆　[一六四]鬣卜

[一六五]夒

[一六六]獼　[一六七]錐

[一六八]嵏

𤰶𠷎耕治之田象形或省[一五九]○柔而由切說文木曲直也一曰安也[一六〇]文三十四媃女名揉以手挺也鍒鑐說文鐵之耎[一六一]也或作鑐瓇瑈說文玉也或从柔蹂踐也詩或[一六二]䉤或蹂腬說文嘉善肉也一曰盛也脜䫐說文面和也或从頁鞣𦍬說文耎也謂柔革或从羊㽥說文和田也一曰鄭地名葇薷香菜菜名或作薷騥爾雅[一六三]馬青驪繁鬣曰騥鶔鳥名爾雅鸛鷒鶝鶔射之銜矢射人鬏馬繁鬣[一六四]曰黃髮蝚蟲名說文蛭蝚至掌也[一六五]鄊[一六六]郲鄉名或作郲輮車輞也濡𧬄柔忍也或作𧬄猱夒獿猱獼猴類或作夒通作蝚僥僬僥國名渘水名[illegible][一六七]鳥名亦姓堥丘名前高後下粈食也鰇魚名[illegible]心安也○搜搜䉤[一六八]踈鳩切說文衆

[一六九]廋　[一七〇]蒐　[一七一]染

[一七三]芒

[一七五]馬金耳飾也鋄

[一七七]慘

[一七九]蛛　[一七八]獀嬃

[一八一]茱蓃

[一八〇]淅

意也一曰求也引詩束矢其搜或作搜古作[一六九]籔文三十九廋[一六九]廣雅匿也一說索室曰廋蒐艸名說文茅[一七〇]蒐茹藘[一七一]人血所生可以染絳一曰春獵曰蒐蕿艸名爾雅蔜蕿[一七二]蔞鄋鄋說文北方長狄國也在夏爲防風氏在殷爲汪茫[一七三]氏引春秋傳鄋瞞侵齊或作鄋𧼛趨[一七四]趥不進醙[illegible]白酒也一曰黍酒古作[illegible]膄鱐說文乾魚尾鱐鱐也周禮有腒鱐或从魚餿餿飯壞也或作餿叟叜溞叟叟淅米聲古作叜或作溞通作溲鋄[一七五]鏤也一曰馬耳也颼博雅[一七六]颼颼風也或作颼[illegible]𣰟毛織有文者[illegible]犙牛三歲也[一七七]或从參獀獿獀獸名獀[一七八]說文南越名犬獿[一八〇]獀一曰春獵蝬蟲名博雅蛛[一七九]蝬蟣蛛也鮻闕人名韓將有鮻申差滫淅米汁傁闕人名春秋傳齊有公孫傁蓃蓃茱椒子聚[一八一]生成房皃

〔一八二〕駿

〔一八五〕箠　〔一八六〕漉

〔一八七〕諫　〔一八八〕甾

〔一八九〕邑

〔一九〇〕齰

瘦瘠也太玄山殺瘦〔一八三〕騪駒騪馬名溲浚溺謂之溲或作浚〔一八四〕篼竹名箌刈也〔一八五〕梭木名似白楊橚木長皃○搊初尤切〔一八六〕博雅搊拘也俗作㩅非是文十筞廣雅籭謂之菉掫手取物也〔一八七〕篘莤篗䣚漉取酒也或〔一八八〕作莤篗䣚犓濾取粉也謅謅謏〔一八九〕私語𣗫牛鼻繫繩具○鄒〔一九〇〕甾尤切說文魯縣古邾國帝顓頊之後所封一說魯穆公改邾作鄒又姓文三十四郰鄹說文魯下邑孔子之鄉〔一九一〕或作鄹陬隅也〔一九二〕一曰魯國齱說文齺也齺說文齒搚也一曰齰〔一九三〕也一曰馬口中橜也𨄔獸足〔一九四〕緅色也周禮染羽五入為緅縐細絺也𦪷船名舴謂之𦪷菆說文麻蒸也一曰蓐也一曰餘也一曰矢之善者通作箃箃竹黃也棷說文木薪也棸木名亦姓掫持也橄

〔一九二〕麁

〔一九三〕骽

〔一九四〕也

〔一九六〕湫　气　〔一九七〕隹

〔一九八〕㲉

〔一九九〕汜

〔二〇〇〕氐道

艸木子聚生廏𢊏說文麻藍也或从芻騶說文廏御也亦姓㑳偢愁皃或省㛯說文婦人妊身也引周書至于〔一九三〕㛯婦𥱻取魚器謅小言私授謂之謅啾嬰兒啼也琡玉文娵女名骽〔一九三〕𩑶也𥞥禾穰也槭木名可作大車輮啁嘲哳鳥聲𩋙皺革文蹙也或作皺芻艸名〔一九四〕○愁鋤尤切〔一九五〕說文憂也或書作𢡃〔一九六〕文二〔一九六〕湫說文腹中有水氣也○不鳺方鳩切鳥名夫不佳也或从鳥不一曰姓也辭也文十三呼吹聲紑衣絜鮮皃㲉〔一九八〕未燒瓦器也垺大也盛也否見也捊𢹓引取也古作〔一九九〕𢹓胞胎衣也衃凝血箁竹有文者㐬流也○浮房尤切〔二〇〇〕說文汜也亦姓雺雺雺雨雪皃通作浮涪說文水出廣漢剛邑道徼外南入漢文五十三

〔二〇一〕大

〔二〇二〕蠹

崞山名桴說文棟名泭併木以渡通作桴艀舟短小者錇小缶也枹
艸名爾雅楊枹薊稃穀皮也莩艸名掊把也鹽官入水取鹽謂之掊通作捊䈮
竹有文者芣說文華盛一曰芣苢箁竹名巷姓也棓犬〔二〇一〕杖⿺走孚行皃粰
博雅粰粇饊也一曰餳也烰說文烝也引詩烝之烰烰⿸疒孚火瘍哹吹聲鉜錇鉜鏂
大釘或作錇琈美玉名⿰多孚廣雅⿰多孚多也⿱罒包罦說文覆車也引詩雉離于罦或
从孚⿱罒否罘說文兔罟也一曰罘罳闕前飾或省蚽水蟲名鴀⿰浮鳥⿰孚隹博雅
鴀鳩也或从浮从隹䱐魚名蠹〔二〇二〕蜉蟲名說文蚍蠹也或从孚娐女字孚
妋玉采也或作妋通作琈包包來邑名在紀國通作浮培闕人名魯有申培公衃

〔二〇三〕裒

〔二〇四〕梵

〔二〇五〕㲉

〔二〇七〕䈮

〔一〕侯

〔二〕麋惑王候

艸名爾雅菝蚍衃多華少葉通作蚽郶剻鄉名在右扶風在沛城〔二〇四〕父或作剻枹擊鼓
槌通作桴枹雺霧也裒裦〔二〇三〕聚也或作裦梵木得風也諏謀也捊
抱引取也或从包○颫披尤切風吹物皃文十四秠禾一稃二米肧衃胎
未成物之始或〔二〇六〕从血㲉〔二〇五〕坏瓦器未燒或作坏紑說文白鮮衣皃引詩素衣其紑醅
醉飽也𤻲痳聲朴夷姓也魏有巴夷王朴胡⿰石孚破聲⿰孚見視也〔二〇七〕⿰孚見竹名哹
喉中聲

十九〔一〕矦𥎦帿胡溝切說文春饗所䠶矦也从人从厂象張布矢在其〔二〕下天子䠶熊
虎豹服猛也諸侯䠶熊豕虎大夫䠶麋麋惑也士䠶鹿豕爲田除害也其祝曰毋若不寧矦不朝於王所

故伉而𤝶汝也一曰猴也維也古作矦或从巾文四十二　猴 獸名〔一四〕說文夒也　⿰豸侯 ⿰侯鳥 說文羽本也一曰羽初生皃或从鳥　鍭 說文矢金鏃翦羽謂之鍭　銗 頸鉗〔一五〕也博雅鋞鍛謂之〔一七〕鏂銗　⿰衤侯 襜褕短衫　骺 ⿰骨侯 骨端謂之骺或从侯　瘊 疣病　⿰侯頁 ⿰侯頁顓揚〔一六〕言也一曰健皃　⿰侯欠 ⿰侯欠欸氣出皃　喉 ⿰月侯 說文咽也或从肉　餱 糇 說文乾食也引周書峙乃〔一八〕餱粻或从米　⿰目侯 半盲也一曰深目　鄇 地名在晉　⿰谷后 ⿰谷侯 谷名在城皋或从矦　⿰木侯 ⿰木侯桃果名　葔 艸名藸葔莎通作矦　⿰糹侯 刀劒首飾　篌 箜篌樂器或說空國之矦所好故謂之箜篌通作矦　⿰鳥侯 鳥名出崑崙　鯸 說文魚名　⿰虫侯 蟲名方言守宮東齊海岱之〔一七〕間謂之螔⿰虫侯　逅 ⿰冓見 邂逅解說〔一九〕貌或作覯　⿰侯瓜 ⿰侯瓜 王瓜也或从矦　⿰山侯 山名　⿰矛侯 矛屬　⿰女侯 女字　⿰侯殳

〔一五〕大　〔一六〕戍　〔一九〕覲

蠿膜也　⿰風侯 風皃　⿰忄侯 ⿰忄侯⿰忄侯怒皃　⿰礻侯 祭求福也　⿰忄后 〔二〇〕和解皃　郈 鄉名在東平　○謳 烏侯切說文齊歌也文三十七　嘔 博雅嘔嘔喜也一曰小兒語一曰嘔夷川名　歐 姓也一曰歐刀　醧 私燕飲也　⿰區頁 ⿰區頁顓〔二一〕面折也　慪 悋也　漚 水泡也　區 量名四豆為區　甌 說文小盆也又姓　塸 聚沙　瞘 ⿰目堯 目深也或作⿰目堯　⿱竹⿰礻區 〔二二〕竹器吳人以息小兒　⿱竹區 吳人謂育蠶竹器曰⿱竹區　膒 久脂也一曰以脂漬皮　⿰礻區〔二三〕 ⿰衤歐 涎衣謂之⿰礻區一曰編枲頭衣或从歐　鏂 門鋪謂之鏂銗　⿰區刂 博雅⿰區刂剜也　櫙 樞 藲 木名爾雅〔二四〕櫙莖今刺榆也或作樞藲　鷗 鳥名說文水鴞也　⿱楙各 地名〔二五〕　紆 陽紆山名　優 嚘 伊優亞者辭未定東方朔說或从口　⿰牛區 特牛也　⿰區力 足⿰區力謂之⿰區力　熰 炮也　纋 屈笄以安髮　⿱宀區

〔二〇〕也　〔二一〕頸　〔二二〕䉱　〔二四〕栒　〔二五〕筋

〔一六〕偃 〔一七〕悤 〔一八〕設 〔一九〕喪 〔二〇〕捍臂 〔二一〕絹

闇富夷人屋 ⿰區斤 ⿰區斤斪偃〔一六〕鉏也 鰸 水蟲似蝦無足 傴 傴竊深下皃 悤〔一七〕 愁也 ⿰女瞿 巴人歌 ○ 齵 魚侯切說文齒不正也文四 吽 犾吽牙者兩犬爭東方朔說 腢 肩頭也 嵎 ⿰山取嵎山皃 ○ 彄 彀 墟侯切說〔一八〕文弓弩耑弦所居也或作彀文二十五 摳 挎 說文繑也一曰摳衣升堂或作挎 袧 辟兩⿰衤則空中央曰袧儀禮喪〔一九〕服裳幅三袧 剾 鏂 ⿰區斤 ⿰金遞 剅 剜也或作鏂⿰區斤⿰金遞剅 韝 捍臂〔二〇〕也 ⿰巾句 ⿰巾區 射決也或从區 ⿰氵遞 水名在常山 夠 多也 鷇 鳥哺 眗 曉 瞘 埋倉目深皃或作曉瞘 斢 挹也 緱 緱氏地名 毆 地名春〔二二〕秋傳盟于毆蛇 嫗 鬬人名陳有夏嫗夫通〔二三〕作彄 ⿱敄糸 博〔二一〕雅⿱敄糸繐絹也 芤 病脈徐氏說按之即無舉之來至傍實中空者曰芤 ○ 齁 呼侯切齁⿰鼻合鼻息文五 ⿰侯鳥

〔二五〕蕮 〔二六〕裒 〔二七〕褌 〔二八〕「以」 〔二九〕支

鳥名 ⿱髟婁 屈笄以安髮 睺 方言半目爲睺 呴 喉中聲 ○ 鉤 ⿰金冓 居侯切說文曲也一說鉤縣物者亦鈎屬或作鏂文四十四 眗 眭也 句 區 說文曲也又姓或〔二三〕作區 ⿰木敂 枸 木曲枝曰⿰木敂一曰木名或省 拘 拘摟聚也 夠 多也 ⿰句刂 說文鎌也 斪 斪斸鉏屬 軥 車名夏曰軥車通作鉤 ⿰舟句 ⿰舟冓 博雅⿰舟句⿰舟麗舟也或从講〔二四〕 冓 數名十秭曰冓一曰邑名漢有邯蕮〔二五〕侯 溝 說文水瀆廣四尺深四尺 袧 褻〔二六〕裳幅辟兩側也 ⿰食句 牛飽 韝 說文射臂決 褠 ⿰巾冓 單〔二七〕衣或从巾 緱 說文刀劍緱也又姓亦地名 ⿰口冓 ⿰口冓咶聲亂一曰大聲 篝 篝 說文答也可熏衣宋楚謂竹篝牆以〔二八〕居也一曰蜀人負物籠上大下小而長謂之篝笭或作篝 箹 竹名博雅箹篘桃〔二九〕枝也 ⿰瓜瓜 字林⿰瓜瓜瓤王瓜也

〔三〇〕鼅　〔三三〕鬮　鬭　〔三四〕芺　〔三五〕㲉　〔三七〕箁　〔三八〕棓　〔三九〕交　〔四〇〕把　〔四一〕令　〔四二〕裒

龜〔三〇〕龜鼅水蟲名似龜皮有文　鴝　鴝鵒鳥名〔三一〕鴝鵒鸜也　購　贖取也史記購吳王千金　彄
嫗　闕人名春秋傳陳有夏彄夫或作嫗　呴　匈奴單于〔三二〕史記呴犁湖　鬮〔三三〕說文鬭取也
蚼　蚼犬獸名如犬食人　泃　水聲　購〔三四〕足曲也　耩　耕也　礴　礴碻堅也　構
牽也　苟　苟吻艸名　寠　夜也　蒟　蒟芺〔三四〕艸名　㲉〔三五〕張弓〔三六〕○抙抱抔
蒲侯切說文引取也或从包从不文二十　䏽　豕肉醬　餢　餢𩛠食臼　錇　瓿　說文小缶
也或从瓦　箁　說文竹箁〔三七〕也　桲　博雅耰〔三八〕棓耕也　棓　高下有絕加板曰棓公羊傳踊于棓
而窺客一曰木名依樹生枝文〔三九〕如罔〔四〇〕　垺　大也〔四一〕盛也　踣　斃也　涪　涪漚水泡　䯱　頯　說文
髮皃或作頯　掊　說文杷也令鹽官〔四二〕入水取鹽爲掊　裒　褎　臼　爾雅聚也或作褎臼

〔四五〕髳　〔四七〕秠　〔四九〕揄　〔五〇〕㲽　〔五一〕絹　〔五三〕十

俗作褎非是　錇　錇鏂釘名○謀〔四三〕　惎　謀　𠋫　暓　謩　迷浮切說文慮難曰謀亦
姓或〔四四〕作惎謀暓謩謩亦書作呣文六十二　恈　愛也　髳　髳〔四五〕　髦　髮至眉也或省亦作髦
眸　博雅目珠子謂之眸通作牟　侔　件〔四六〕說文齊等也或省　桙　杵　器名或省
牟　說文牛鳴也从牛象其聲气从口出一曰取也大也又姓　劺　敄　北燕之外相勉努力
謂之劺一曰〔四七〕堥　堆隴〔四八〕　洠　廣雅陴疆也或作敄也　洠　洠厓也　霿　霧　蒙　爾雅天氣
下地不應曰霿或作霧蒙　醟　醟酳揄〔四九〕醬也　麰　麰　說文來麰麥也或作麰通作䴹　牉
脊也　矛　我〔五〇〕　鉾　說文酋矛也建於兵車長二丈象形或从戈〔五一〕从金　鉾　劒端　鍪
說文鍑屬或書作鍪　鞪　鞮鞪首鎧通作牟鍪　鶩　綽〔五二〕也　繆　枲絜〔五三〕也　鶜　鳥名

【五三】雒　【五四】鴿

【五五】蟲

【五六】毋

【五九】蚍

【六〇】毋　【六二】黎

爾雅【五三】鷃天鸙大如鷃或書作鷚 鴾 鳥【五四】名鴿也 鰴蝐 魚名或省 蛑蝶 蝤蛑蠏屬或作蝶

蝥 盤蝥毒蟲 【五五】蟊蝥蟊蟊蟁 說文蟲食艸根者从蟲象其形吏抵冒取民財則生或从孜亦作蟊蟊古作爾通作蛑

【五六】毋 淳毋膳【五八】珍也 貿 目不明皃一曰貿戎戎別種

務 【五九】務婁邑名 瞀 俯【宋】覗 蟱蝥 【六〇】蚰蟱蟲名蜘蛛也或从孜 瞴 說文瞴婁微視也

毋 毋頠夏后冠名 稀 車衡上衣謂之稀 荦 艸名 婺 女皃 豋 登踰豆秸

衺𧟌 長衣籀作𧟌 闓 開也 ○涑漱 先侯切說文𣿔也一說以手曰涑以足曰𣿔或作漱一曰涑水名在河東【六二】文二十二

鏉鎪 彫也或从叟 鞍鞦 治革【六三】也或从欶

颼 颼颼風聲 鬏鬉 鬏鬉鬖亂或从叜 撨 推也擇也 嗾

【六四】軌　【六五】誠

【六六】褁

【六八】偓　【六九】覡

𠻸𠿬 使犬聲或从速从造 漱涑 冷也一曰冰氣或作凍 嫯 女字 捜

搜 求【六四】也莊子搜於國中【宋】李軌說或作搜 擻捒 摟擻取也或省 獀 南越謂犬爲獀獀

敕 攴【宋】也 ○譙 千侯切博雅就也文一 ○鱜鯫 將侯切菜未漬也或从取

文十五 緅 帛青赤色 諏𧩠 咨事爲諏或作𧩠 陬隊 說文阪隅也或作隊 掫

趣 說文夜戒守有所擊引【宋】春秋傳賓將掫或作趣 鯫 小魚也 棷 戲謂之棷一曰木薪 租

包裹【六六】也 菆 莖也儀禮御以蒲菆 𦢊 脯也 剶 斷也 ○剶剶 徂侯切字林細斷【六七】也

或作剶文四 鯫 魚名 漕 水運也 ○兜 當侯切說文兜鍪首鎧也文二十【六九】四 吺

告 說文讘吺多言也或作告 侸偓【六八】 佔侸極疲一曰僂侸下垂或作偓 覡瞗眍

集韻校本

〔七一〕弘　庾　〔七二〕飲

〔七三〕橐　〔七四〕鳩　喙

〔七五〕陋

〔七七〕摘

〔七八〕窻

〔七九〕牆

說文目蔽垢也或作瞘瞘〔七一〕鬄鬄鬖髮亂剅劅豿小穿也一曰割也或作劅豿郖說文恒農縣庾地或作郖〔七二〕篼說文飲馬器也〔七三〕鬭交爭也跿跌也緰結縷〔七四〕橐槐木名抙批也鳩鳩鳥名人面鳥喙有翼不能飛頭顱頭面折窬〔七五〕甌窬䚀䚀斷深下偃鉏○偷愉他侯切苟且也或从心文八鍮鋀石名似金或从䱏魚名䣓說文巧黠也〔七六〕緰布名揄垂也莊子揄袂○頭徒侯切說文首也文二十投投說文適也一曰合也亦姓古作投揄引也毁說文繇擊也䤤酘酒再釀剅博雅剅也〔七七〕投陶窻〔七八〕㪷齒褕褕博褕襜褕短袖襦一曰近身衣或从巾牏說文築牆短版也〔七九〕㡏行圊受糞凾也通作牏窬穿也䤤酘䤤醬名緰

〔八〇〕木　〔八一〕婁　毋

〔八二〕觵

〔八三〕種　〔八四〕穠　〔八五〕言鞻

〔八六〕僂

〔八七〕恭謹

〔八八〕飲

說文緰貲布也逗射也歈歌也匬說文甌器也麻說文䕱屬䳩鳥名車米也數名逾卤地或作艸〔八〇〕䑢䑢作䑢名○婁婁嬃嬃說文空也从毋中女空之意也一曰宿名又姓籒作婁古作嬃郎侯切說文四十八樓說文重屋也又姓古作𨻳䅹說文屋麗廔〔八二〕也一曰種也鄭鄉名在南陽鄭縣瞜麗廔縣〔八三〕說文漊也一曰漊〔八五〕沶〔八四〕水名出武陵蠻中𡎳說文壢土也一曰陋也鄰漊山顛也遱說文連遱也僂僂傴〔八六〕下垂也或从頁髏䫫說文髑髏也瞜䁖瞜瞜偏盲謂不絕皃一曰細視僂僂僂謹敬皃一曰勤也譳嘍說文謰謱也或从口一曰謹也〔八七〕褸或作覯縷博雅祲謂之褸南楚凡人貧衣破謂之褸裂或作縷慺方言飲馬槖自關而西謂之慺篼

〔八九〕「名」　〔九〇〕曰　〔九一〕𤬏　〔九二〕昆侖之邱　〔九三〕螌　〔九四〕甌　〔九六〕羺

鞻鞮鞻氏〔八九〕掌夷樂官「名」　膢褸漢以立〔九〇〕秋祭獸因以出獵還祭宗廟名貙膢或从示　軁軀軁傴也　摟說文曳聚也　剅小穿也〔九一〕　艛舟也　簍說文竹籠也　樓種具　𤬏𦿶茜鉤𤬏王瓜菰𤬏土瓜或从艸亦作茜　蔞蒿類　鷜鳥名野鷜也　𧲆求子豕通作婁　𦍩山海經崑崙之山〔九二〕有獸狀如羊名曰土𦍩　鱫說文魚名一名鯉一名鰜　螻蟲名說文螻蛄〔九四〕一曰螌〔九三〕天螻　牢削約握之中央以安手也儀禮士喪握手用玄牢　窶窶甌窶猶杯摟也或从穴　䮫馬類一曰大騾　𡟭女字　𦋺麗𦋺罔也　○羺奴侯切胡羊謂之羺文十一〔九六〕　𧂇艸名　獿南越謂犬爲獿獀　𩃘㝹江東呼兔子爲𩃘或作㝹亦書作鑪　𩌰柔革　𤞸獳怒犬皃或作獳　䰭鬼聲　譨譨譨多言也　麢麢也

集韻平聲四

〔九七〕頪

○捊普溝切掬也文九　紑衣鮮絜皃　吥吸也　頪〔九七〕須短白皃　浮漂也　哹吹也　䱐鯆䱐〔九八〕魚名　娝不肖　婄女皃

二十　○幽於虯切說文隱也又州名亦姓文十四　丝說文微也　呦𣢾說文鹿鳴聲或从欠　怮說文憂皃一曰含怒不言　𩷍魚名　蚴方言蠭之小者燕趙之間謂之蚴蜕　麀𪋬說文牝鹿也或从幽　泑泑澤在崑崙下〔一〇〇〕一名蒲昌海去玉門關三百里　𧒢蟲名說文𧒢蟉也　黝黑色　颵風聲　漊深也　○聱倪虯切廣雅不聱〔一〇一〕入人語也文四　鷔泮魚鳥之狀或作泮通作聱　謷不肖也　○犙山幽切三歲牛文一　○驫必幽切博雅驫驫走也文五　𤅺水聲　髟髮垂皃　彪虎文也　飍風〔一〇二〕飍也　○飍

集韻平聲四

〔四〕燩　〔六〕互　〔七〕滮　〔八〕句　〔九〕忇力　〔一〇〕鬮　〔一一〕⿰耳攸　〔一二〕蘢

香幽切風也文六　膮字林豕羹也　休美也通作休　驫博雅驫驫走也　烋微〔四〕也　貅鷙獸　○稵秵子幽切禾生也或从幽文三　⿱癶隹雞雛名　○飍步幽切風也文一　○彪羌幽切域也文三　鷚天鷚鳥名江東語　惆互〔六〕捩　○瀌平幽切瀌瀌雨雪皃文三　滮〔七〕水流也　烰火氣也　○樛居虯切說文下曲〔八〕曰樛通作朻文二十　朻說文高木也　摎⿰扌丩束也或从丩一曰姓也漢有摎氏　丩⿰翏丩說文相糾繚也一曰瓜瓠結丩起或作⿰翏丩　虯龍類　茻丩說文艸之相丩者　丱腹中急病　璆美玉　繆糾細也或作糾　𠡠赳輕勁皃或从走　忇〔九〕大　觓觩角曲皃或从求　鬮〔一〇〕鬮取也　⿰耳攸〔一一〕瞜⿰耳攸視皃　芁秦芁藥艸　○虯蘢〔一二〕

〔一三〕也　〔一四〕崘　〔一五〕樧　〔二〇〕「束也」　〔二一〕⿰魚彡　〔二二〕縛

渠幽切說文龍子有角者或作蘢文十九　朻〔一三〕下曲　觓觩⿰牛求說文角皃引詩兕觵其觓或作觩⿰牛求通作捄　捄長皃　璆球美玉名出崐崘〔一四〕或从求　鷚鳥名似鶉　蟉蚴蟉也　⿰金丩弩機　⿰翏丩⿰翏丩流環繞也　銶鑿屬　絿急也一曰糾也　穋禾類管子其種穋稆　鏐美金　莍茮樧〔一五〕實　梂櫟實　○鏐力幽切黃金美者一曰弩眉文二　蟉蚴蟉蟲名　○彪悲幽切說文虎文也文四　髟髮垂皃　驫說文衆馬也　鯙魚名博雅鱄鯙鮋也　○滮滮皮虯切說文水流皃引詩滮沱北流或作滮文四　颩風皃　瀌雨雪盛皃詩雨雪瀌瀌徐邈讀　○繆亡幽切說文枲之十絜也一曰綢繆〔二〇〕束也文五　⿱白彡細也　⿱敄糸縛〔二二〕也　鷚鳥名爾雅鷚天鸙　樛木名

二十一〇侵〔一〕千尋切說文漸進也从人又持帚若埽之進又手也一曰五穀不升謂之大侵俗作侵非是文十八　駸駸宇林馬行疾也或从侵　浸滲濅浸淫漸漬或作滲濅　⿰豆㑴幽豆也博雅⿰豆㑴謂之暗一曰野豆　稄鋟錐也或从金　綅絳綫也　梫木名爾雅梫木桂　浸冷也　⿰言侵私語也　僭〔二〕侵也詩以篇不僭　祲祲祥地名春秋盟于祲祥〔三〕　鈐鈂〔四〕也　晲日光〔五〕　埐地名　〇心思林切說文人心土藏在身之中象形博士說以爲火藏文六　沁水名　蕊蝡食苗心死也　⿰車心車鉤心制軸者通作杺　芯艸名　杺木名其心黃一曰車鉤心木　〇祲咨林切說文精氣感祥引春秋傳見赤黑之祲文二十三　駸說文馬行疾也引詩載驟駸駸　綅說文絳綫也引詩貝冑朱綅　稄錐也　梫說文

〔二〕僭　〔四〕臧　〔五〕埱

〔六〕梫梫銳意　䃪小石　⿰王朁石似玉　⿰革朁⿰髟侵高皐謂之⿰革朁或从㑴　寖漑也亦水名　埐說文地也　梫〔七〕桂柡　梣檮說文青皮木或从𡨋省　⿰朁隹⿰朁鳥漢中呼雞爲⿰朁隹或从鳥　⿱山朁山高　⿰魚朁魚名〔八〕一說南方謂鱶曰⿰魚朁　⿰羊朁羊臭　⿰肉朁鼬也　⿰石韱櫼楔也或从木　僭〔九〕侵也詩以篇不僭　〇⿰糸尋〔一〇〕尋徐心切說文繹理也从工口又寸工口亂也又寸分理之彡聲度人之兩臂爲尋或省又姓文三十四　⿰糸尋續也　⿰衤尋衣博大也　撏取〔一一〕　⿰月尋〔一二〕古姓　鐔說文劍鼻也亦姓　鬵鬻鼎大上小下籀作鬻　灊水名出巴郡　潯藫潭說文〔一三〕旁深也或作藫潭　⿰土尋地名　⿰阝尋小阜也在三輔　鄩說文周邑也又姓　枔木葉也　燂⿰火尋燅火孰物或作⿰火尋燅　⿰木尋木名一說以爲炭煉

〔六〕朁朁　〔七〕桂　〔八〕羨　〔九〕侵　〔一〇〕⿰糸尋㝷　〔一三〕潯

[一四]蕁　[一五]次　[一六]⿰弓鬵　[一七]鮝　[一九]灊　[二二]湥

生鐵一烹乃熟　撢修也　鱏魚名　涔漬也　鐕魚名　蕈菌也　蕁[一四]艸名海蘿也
⿱竹尋竹名長千丈可爲大舟[一五]　⿰牛尋牛名　⿺走尋長也馬融曰踔[一六]⿺走尋枝　蟫蟫蟫物動皃
橝盾上竿　⿰王鬵石似玉　⿰女尋女名　○鬵[一七]䰝才淫切說文大釜也一曰[一八]鼎大上小
下若甑曰鬵鬵作䰝文二十一　⿰魚岑⿰魚今博雅⿰魚岑鮝也一說大魚曰薰小魚曰⿰魚岑或作⿰魚今　嶜
山高也　梣橬⿰木鬵樳青皮木名一曰江南樊雞木也其皮入水綠色可解膠益墨或作橬
⿰木鬵樳　灊[一九]水名出巴郡宕[二〇]渠　埐地名　歁鈂博雅耕也一曰酉屬或从金　⿰酉甚博雅
寑醰幽也　岑岑崟高皃一曰岸也　⿰王朁石似玉　埁土也　枔木葉　⿰魚朁魚名　涔
漬也　⿰石朁石門　○深㴱[二一]式針切說文水出桂陽南平西入營道一曰邃也又州名古作

[二三]竈突　[二四]勺　[二五]次　[二六]晳　[二七]濊　[二八]曰　[二九]孰

[二二]湥文五　突說文深也一曰[二三]竈突　⿱艹深說文蒲蒻之類　琛爾雅寶也郭璞讀　○⿰甚見
充針切內視也文一　○斟諸深切說文勺[二四]也又姓文十三　鍼鐵針說文所以縫也
或从箴从十通作箴　⿰十斗[二五]斟鄩古國名在河南禹後也通作斟　箴說文綴衣箴一曰誡也一曰竹
名又姓　瑊石似玉　葴艸名說文馬藍也　⿰箴鳥鳥名說文⿰箴鳥鴜也通作箴　鱵魚名
⿰黑箴晳[二六]而有黑　⿰糸箴刺也禮記其刑罪則⿰糸箴剸　⿱艹濊[二七]水艸名酸漿也　○諶時任切說文誠
諦也引詩天難諶斯文十三　訦說文燕代東齊謂信曰訦　忱愖說文誠也引詩天命匪忱
或从甚　煁說文烓也　瘎⿸疒冘方言秦晉之間謂病[二八]曰瘎或从冘　湛水名在襄城舂
秋傳戰于湛阪　⿰魚朁說文魚名　醰麴熟[二九]　歁鈂酉屬或从金　橬積柴水中以取魚

〔三二〕佞 〔三五〕鄐 〔三八〕媱 〔三九〕扶

○壬〔三〇〕如林切說文位北方〔三一〕也陰極陽生故〔三二〕易曰龍戰〔三三〕于野戰者接也象人褢妊之形一曰佞也文十五 任說文保也又姓 妊⿱壬女孕也或作⿱壬女亦書作姙 ⿰言壬信也諗也一曰喉聲謂之⿰言壬 恁博雅思也 銋鈓宇林濡也博雅〔三五〕拳也或省 紝絍機縷也或从任亦書作紝 鵀戴勝也或从隹 ⿰任隹 ⿰言任〔三四〕念也 鄐地名 𡈼貪也 ○森〔三七〕疏簪切說文木多皃文二十三 〔三八〕槮蔘說文木長皃引詩槮差荇〔三九〕菜或作蔘 曑參㕘說文商星也或省古作㕘 篸說文差也一曰竹長皃 ⿰女參媱也 傪歡也衆也 薓葠說文人薓藥艸出上黨或作蓡通作蔘參 襂綝幓襂纚衣裳毛羽垂皃或作綝幓 ⿰參阝地名 棽木枝扶疏皃 滲漉也 ⿰犭參犬容頭進皃 摻林離摻攦也 罧說文積柴水中以聚魚也 突

集韻平聲四

〔四〇〕突 〔四一〕鬖 〔四二〕長 〔四五〕鬵 〔四六〕鉏 〔四七〕栫 〔四八〕名

深也一說俗謂深黑為窨突一曰竈〔四〇〕突也 鬖〔四一〕鬖髿毛皃 穇禾長皃 ○嵾初簪切嵾差山不齊皃或書作嵾文十三 篸篸差竹皃 梫木名桂類葉似枇杷而大白華 穇穇〔四二〕禾短曰穇或省 槮⿰木篸木長皃或从篸 駸馬行疾也 僭侵越也詩以籥不僭 攙天攙星名 鬖髮亂皃 參朁參差不齊古作朁 ○兂簪⿱簪金⿱竹甚篸說〔四三〕文首笄也或篸古作⿱竹甚文九 ⿰王朁說文〔四四〕之〔四五〕以玉者 ⿰扌朁疾也通作簪〔四五〕鬵釜屬 鐕可以綴著物者通作簪 ○岑鋤簪切說文山小而高又姓文二十 涔說文漬也一曰涔陽渚在郢中 梣〔四六〕博雅梣也 ⿰木⿱兂兂日 橬青皮木〔四七〕或作橬通作梣 笒竹名 嶜嶜崟高銳皃或書作嶜 ⿱雨朁博雅霤⿱雨朁霖也一曰雨聲 汵池也 顉頗顉俛首 𡷰說文入山

集韻平聲四

【五〇】羨魚
【五一】鯦
【五二】鐕
【五三】椹
【五四】皃

之深也 霦【五〇】說文霖雨也南陽謂霖霦 穖 禾苗將秀曰穖 鯦 博【五一】雅鯦鮆鰽也 鰽 說文魚名 鬵【五二】釜屬一曰疾也 跈 蹐蹟停水也通作涔涔 罙 罔名 灊 水名 璔 石似玉 ○碪 砧 知林切擣繒石或从占文十 鉆 鬼谷篇有飛鉆涅鐕【五三】 椹【五四】 枮 鍖 斫木櫍也或作枮鍖 䢔 坐立不移皃 揕 刺也一曰斫木聲 戡 擊也 坫【五五】 墐塗謂之坫 ○琛 賝 癡林切爾雅寶也或从貝文十 棽 說文木【五六】枝條棽儷也 覾 說文私出頭視也 闖 馬出門皃一曰出頭皃 踸 踸踔無常也 郴 說文桂陽縣亦州名 綝 說文止也一曰善也 肜 說文船行也 諃 善言 ○沈 湛 持林切說文陵上滈水也一曰濁黕也一曰溺也或作湛俗作沉非是文十三 霃 說文久陰也通作沈 鈂 𨪊 說文臿屬或从臿 笎 竹名

集韻卷四 平聲四

五八三

集韻校本

五八四

【五六】也
【五七】麴
【五八】臨監
【五九】己
【六一】以
【六二】緣
【六四】戴

芄 莐 說文艸也生山上葉如韭或从沈 㽎 方言甖其小者謂之㽎 牨 吳牛謂之 枕通作沈 魫 魚子也 枕 繫【五七】杙也 醦 麴【五八】 ○林 犁針切說文平土有叢木曰林又姓文二十一 箖 箖箊竹名 臨 臨 說文臨監也一說以尊適卑曰臨亦姓古作臨 琳 玲 說文美玉也古作玲 霖 說【五九】文雨三日以往 淋 𩃟 說文以水沃【六〇】也或作𩃟 涻 涻 溓 說文谷也一曰寒也一曰涻涻雨也或省或从兼又書作㶌 罧 積柴水中【六一】聚魚也 痳 說文疝病也 䫐 䫐頟【六二】府首 岑 岑巖山高皃 碄 碄碄深皃 穼 室深也 惏 惏慄寒也 慊 慊慘羽毛皃 嵓 山名 ○䛘 尼心切喉聲謂之䛘一曰諗也文七 紝 䋕 緍 織也或作䋕緍 軠 車紡【六三】 鵀 鳥【六四】博雅鵀戴勝也 恁 思也弱也信也

〔六五〕没　〔六六〕夂　〔六八〕𤉩　〔六九〕鷂　〔七〇〕白　〔七二〕潯　〔七四〕陰

〇淫夷針切說文侵淫隨理〔六五〕也古通作㸒文二十七　㸒說文近求也从爪壬壬徼幸也　霪湛〔六六〕久雨爲霪或作湛通作淫　婬說文私逸也通作淫　冘〔六七〕佸說文冘冘行皃一曰冘豫未定或作佸　醰說文孰麴也　痓疾也　鐔博雅劒珥謂之鐔　撢探〔六八〕也　鄩地名　箮竹〔六九〕名　[illegible][illegible]方言明也或作[illegible]　鷣雗江南呼鷂爲鷣或从隹　鱏〔七〇〕說文魚名引傳曰伯牙鼓琴鱏魚出聽　蟫說文〔七一〕白魚也　潯〔七二〕㵪潯漸也　潭水名在武陵　㝉〔七三〕突深也或作究　遥過也通作淫　桯具也　經水久緩皃　芄艸名　〇愔伊淫切愔安和皃文四　窨地室　韾聲和靜也　𩐆𩐆𩐇豆名　〇音於金切說文聲也生於心有節於外謂之音宮商角徵羽聲金石絲竹匏土革木音也从言含一文十九　陰〔七四〕陰說文闇也

〔七五〕也　〔七六〕侌　〔七八〕宗涼　〔八〇〕乑眾　〔八一〕岒

水之南山之北〔七五〕　霒[illegible][illegible]侌侌〔七六〕說文雲覆日又姓或作霒[illegible]古作侌隸作陰亦姓侌　瘖說文不能言也　諳博雅䛩謂之諳　喑說文〔七七〕宋齊謂兒泣不止曰喑　韽小聲　蔭艸木蔭翳也　愔安和皃春秋傳祈招之愔愔徐邈讀　闇默也〔七八〕何休曰高宗涼闇　[illegible]隱闇也　[illegible]醉聲〔七九〕　吽牛鳴　窨窨突黑也　〇吟䏖訡欽魚音切說文呻也或从音从言亦作欽文二十二　唫蘞芩菜名似蒜生水中古作蘞芩　魿魚名似鼈也　霠霖雨也　乑〔八〇〕說文衆立也从二人　廞說文崟也一曰地名　喦山石皃一曰㦗也　唫說文口急也　嵚兩山相向　玪玉名　崟碒巖喦　岑〔八一〕唫岒說文山之岑崟也或从石亦作巖喦岑唫岒或書作崟岒　〇歆虛金切說文神

〔八二〕衾

〔八三〕領

〔八四〕金

食氣也文五 廞說文陳輿服於庭也 嬜愛也 歁火盛皃 嶔嶔巇山險皃通作廞

○欽欽祛音切說文欠皃一曰敬也古作欽文十一 衾說文大被也或書作衾〔八二〕

嶔嶔山高險也公羊傳殽之嶔巖或作嶔通作崟 菳菳芩艸名 領領〔八三〕曲頤也或

作頜 唫口急也〔八四〕 廞崟也 歆像車服以送死也 ○今居吟切說文是時也文十

五 金金〔八五〕說文五色金也黃爲之長久薶不生衣百鍊不輕从革不違西方之行生於土从土

〔八六〕左右注象金在土中形又姓亦州名古作金 黅博雅黃也 紟衿絵說文衣系也或

作衿籀从金 裣襟衾說文交衽也或作襟裣 禁勝也制也 䌎坐也 靲

鞮也 菳菳蔹艸名也 ○琴珡鑋𨷻渠金切說文禁也神農所作洞

〔八八〕弦

〔九〇〕捦

〔九二〕淺「色」

〔九四〕禽

〔九五〕總

越練朱五絃周加二絃亦〔八九〕姓古作珡鑋𨷻文四十七 靲說文鞮也 聆地名說文引春秋國語回〔八八〕

祿信於聆遂 肣斂也灼龜〔九〇〕首仰足肣 捦襟擒拎說文急持衣裣也或从禁从禽

从今通作禽 㪁鈙說文持也或从金 𣪛禁也 紟絵衿衣系也或作絵

衿 庈闕人名春秋傳魯有費庈父 𠩄㕂說文石地也或从今 黔黑色春秋傳邑

中之黔又地名亦姓 菳艸名說文黃菳也通作芩 黚黔黬〔九一〕黃黑色或从禽从蒧 芩

說文艸也引詩食野之芩 仱仱侏古樂人 忴忴惧健了皃〔九三〕 缺 琹〔九五〕

艸名生水中根可緣器 䅐禾欲秀 檎林檎果名 禽𥝜〔九四〕說文走獸總名一說二足

而羽謂之禽古作𥝜 鳹鵭雂句喙鳥或从金从隹 鉆飛鉆鬼谷篇名 邻亭名在重

[九六] 襟

[九七] 「吟」吟

[九八] 澿

[一] 𠪚

[二] 王

[三] 染

[四] 釰

安凜癛㾢襟[九六]寒也或从廩从㾢从禁 齡苦也 蠄蟲名 軡地名
在江南通作黔 吟[九七]吟吟崟險也 澿[九八]水名 ○䑙天心切䑙䑙吐舌皃文一
二十二○覃覃𠧟𠪚[一]徒南切說文長味也引詩實覃實訏或省
古作𠧟𠪚文四十三 鄿說文國也齊桓公之所滅通作譚 譚大也又姓 潭說文
水出武陵鐔成玉[二]山東入鬱林一說楚人名深曰潭亦州名 橝說文屋梠前也一曰蠶槌一曰木名
汁可[三]染 蟫衣書中白魚 䞡趛䞡走皃 燂說文火熱也 鐔釰[四]旁鼻曰鐔 ⿱覃音
醲醰香氣 ⿰米覃麋和也 ⿰甘覃博雅⿱亼甘⿰甘覃甘也 ⿱亼酉酒味苦也 ⿸麻甘和也 醰 ⿰月覃厚味
或作⿰月覃 驔馬豪骭曰驔 曇雲布謂之曇 ⿰土曇⿰曇瓦⿰金曇墰甀屬或作⿰曇瓦⿰金曇

[五] 也

[六] 腤

[七] 眈

[八] 䫖

壜 蕁藫艸名說文芜藩也或从爻 憛憂意[五] 藫苔也爾雅藫石衣 ⿰豆覃⿰豆覃⿰豆覃
鼓聲 ⿱貪女貪也愛也 ⿰甚見內視 瞫視也 ⿰甚冘博雅⿰甚冘⿰甚冘盛也 眈視近志遠 沈沈沈
深邃皃通作⿰甚冘 蕈艸名生淮南平澤可作鹽 腩腤[六]也 嘾貪也 潯傍深也 鴆
鳥名 ⿰女覃女字 ○貪他含切說文欲物也文八 探撢說文遠取之也或作撢 欿
炊飲說文欲得也或作炊飲 ⿰氵貪水也一曰沒也 僋癡謂之僋儑 ○耽都含
切說文耳大垂也引詩士之耽兮俗作躭非是文十五 酖說文樂酒也 媅妉湛
愖說文樂也或从冘亦作湛湛 ⿰多冘博雅多也 眈[七]說文視近而志遠引易虎視眈眈 ⿰甚見
說文內視也 甗⿰冘瓦罌也容一石或从冘 ⿰甚冘⿰甚冘⿰甚冘室宇深邃皃 䫖[八]緩頰也一曰舉首

〔九〕羍
〔一〇〕男
〔一一〕聒
〔一三〕⿰耳冊
〔一四〕莮

⿰氵耽淫也⿰口耽聲也○婪惏盧含切說文貪也杜林說卜者黨相詐驗爲婪或作惏亦書作⿱林心文十二啉聒也一說飲畢曰啉或書作⿱林口⿱雨⿱林禾霖久雨或从淋燣熱也熮也色焦也⿱林頁⿱林頁頷俯首皃嵐山氣一曰岢嵐山名在太原又州名葻說文艸得風皃⿰亻林⿰亻林儖鴑鈍皃郭璞說⿰足嵐急行也颯翔風○南羍〔九〕那含切說文艸木至南方有枝任也古作羍文二十男說文丈夫也从田从力言〔一〇〕用力於田也古書作⿰田力枏楠木名爾雅梅枏或从南〔一二〕⿰扌冊廣雅持也⿰龜冊⿰甲冊龜甲邊也或从甲萳艸名諵聒〔一一〕語⿰言冊博雅⿰言冊語也或作諵喃〔一三〕⿰耳冊那冄國名或作那冄⿱艹⿰耳冊艸名博雅蔾蘆葱⿱艹⿰耳冊也⿰目南國名唐天寶中封其王爲懷寧王莮〔一四〕苴莮艸名弇姓也○毿蘇含

〔一五〕⿱髟監
〔一七〕弦
〔一八〕⿱毄貝
〔一九〕愓

切毛長也文九鬖⿱髟監〔一五〕鬖髮垂皃蔘蔘綏垂皃襂衣垂皃犙說文三歲牛糝糝糟糜和也⿸厂⿰參攴⿸广⿰參攴厭也〔一六〕或省謲謲譚怒語○參三曑倉含切謀度也間厠也或作三古作曑又姓文十二嵾山皃⿰言參說文相怒使也驂說文駕三馬也⿺走參⿺走覃走也傪說文好皃嫎婪也⿰參阝地名在鄭⿰牛參牛名摻摻搓捫也○朁⿱兓䖵篸祖含切博雅篋謂之簪或从蠶从參文十一鐕說文可以綴著物者一曰釘也一曰綴衣通作撍撍疾〔一七〕也⿰月朁脂⿰月朁烹也一曰脣病⿰羊朁塩藏肉一曰獸名似羊⿰足朁博雅止也⿰弓朁弓絃謂之朁⿰朁阝亭名在貝丘⿰女朁女〔一八〕字○⿱兓䖵徂含切〔一九〕蟲名說文任絲也俗作蚕非是文七撏方言衞魯揚徐荊衡之郊謂取曰撏⿰朁阝

〔二〇〕揞 〔二一〕酧 〔二二〕馠馠

〔二四〕疎 〔二五〕歛

〔二七〕鈐 〔二八〕突

〔三〇〕姓 〔三一〕敕 〔三二〕瞰

〔三三〕戡 〔三四〕磨

亭名在貝丘薊[二〇]揞馬也蹭博雅止也䠞羊臭謂之䠞嬒女字○崡呼含切大谷也文二十二谽谺谽呀谷空皃[二一]或省醓酓面赭色或从酉酓酒味苦也[二二]或書作酓馠馠博雅馠馠香也或作馠欿欲歁含笑也或省亦从咸唅博雅唵也寢寢寢不褫[二四]衣或省蜬水蟲名[二五]爾雅蠃小者蜬喊吼也䘶赤色䎏小鳥飛皃恰疎縱也諴愛也歛欲也一說戲乞曰歛頷醜皃○龕[二九]枯含切說文龍皃博雅鈐龕受盛也[三〇]文十七堪說文地突[二六]也一曰任也又姓嵌山穴間戡說文刺也一曰勝也撖柱也㪔㪔敢[三一]不齊瞰[三二]博雅視也頷醜皃嵁嵁巖不平𢧢戡[三三]說文殺也引商書西伯既戡黎或从含古通作戡磨[三四]和也歁貪惏

〔三五〕鹹系 〔三六〕堅

〔三七〕吳禾

〔三八〕正 〔三九〕犙

〔四〇〕嵓 〔四一〕衝 〔四二〕面乃

〔四三〕函 〔四四〕䑐〆

〔四五〕顄

〔四六〕霑

也瓬瓦器鵮鳥名勘能也戡意不滿○弇䆆姑南切說文蓋也古作弇文二十一龕[三五]監持意淦汵淊水入舟隙謂之淦一曰水名或从今从含䶃䶄鼠屬或从含𠛬[三七]具人刈木具雂鳹鳥名或作鳹嵅嵐嵅[四〇]山名颭風紟絲皃也僋僋[三八]趻行不進肣肥牛脯犙[三九]牛三歲諴[四一]嗤也䃭以石蓋磨和也硆器斂[四三]者○含胡南切說文嗛也文四十八圅[四二]說文舌也象形舌體弓弓通作肣函椷容也或作椷[四四]肣䏷肥牛脯或从含甔檊說文治橐榦或作檊甔一曰似餅有耳顄說文頤也[四五]通作㖤頷頷面黃也或作頷䘶䘶博雅䘶襂袖也或从圅霠霒說文久雨也或作䨡涵涵汵說文水澤

【四七】僭始　【四八】洽
【四九】涵　【五〇】鍎
【五一】鍎
【五二】鐪　【五四】康
【五五】通
【五六】怒　【五七】鈇
【五八】潛　【五九】烏

多也引詩僭始既【四七】涵或从圅从㓝洽【四八】匼湆涪淦淊方言沈也或作匼湆涪淦淊涵【四九】說文寒也𨧫博雅𨧫甲介鎧也通作函鋡【五〇】方言齊楚謂受曰鋡博雅鋡鐪【五一】謂之鑑𢎘艸木之華未發䈄䈠䉈笒䈄隋【五三】竹實中或作䈄䈠䉈笒康【五四】木垂華實皃梒梒桃果名櫻桃也通作含鼶䶄說【五五】文鼠屬或从含蜬蠃之小者琀飯玉㖤【五八】胡【五六】怒氣鈐鈇【五七】也馠馠馠香也䤈䤈䤈小餅嵅嵐嵅山名晗欲明也匼受物器椷替通水具娢女字雓鳥名○諳䛳𧨻【六〇】烏含切說文悉也一曰諷也或作䛳亦从弇文四十二𩀞𪁎鴒䳺䳴雓鳥名說文雓屬或从鳥亦作鴒䳴雓媕嬒女有心媕媕或从酓䑍跛也唵啼泣無【六一】聲謂之唵一曰大呼䤚

【六二】韽
【六三】歛　【六四】泱
【六五】嗛
【六六】呻
【六七】色

說文下徹聲醃䅖博雅醃醃香也或从禾盦覆蓋也腤䏲烹也或从弇鞥轡屬㡋裺博雅㡋笵囊也或从衣鍏溫器庵菴蓭圜屋曰庵或从艸闇陰治喪廬也禮高宗諒闇三年不言或作陰嬜貪也愛也菩艸野小艸埯坑菴葊菴蕳艸名或作葊痷痷婪【六二】聲小韽泛意也醅醉謂之醅韾聲和也婄女志不靜盦器【六三】口歛欕棆木名或省譫詒【六四】譫阿語不決或作詒通作媕䛳諴吾含切不慧也嗛【六五】或作䛳文八齡齒齵也嵁嵁山㠊皃㟏窟【六六】嵌巖列子眠中㟏呻呼或作窟崟㟏崛嵁室深遂○顄俯首皃文一○沈長含切沈沈宮室深邃皃文一○𦦣【六七】色鮮𦦣含切衣皃文一

二十三○談徒甘切說文語也亦姓文二十三郯說文東海縣帝少昊之後所封亦姓惔說文憂也引詩憂心如惔倓倜說文安也或从剡憺[一]恬也痰病液餤進也淡澹水皃或作澹𤆍[二]小熱也錟[四]說文長矛也䓁馬䓁也所以搔馬一曰飼[三]笵炎美辯也莊子大言炎炎菼菼藍[六]瓜葅䆲藍䆲匾薄也䫇面長也寱[五]寐不解衣儋姓也通作澹啖噆啖少味酸酒醋薄也燄爐也㷋女字○舑他甘切䑙舑吐舌皃文十七耼聃說文耳曼也或从甘俗作䎃非是坍𣲋水壞岸也或作汫𣲋瀳㴸㳬峻波皃或作瀳䆲藍䆲薄而大也緂衣白鮮也𦬹艸名蔥也錟錟鏦矛也𦚔膪肉壞菼菼藍瓜葅倓倜安也或从

[二]夾藝　[三]篋　[四]濫　[五]褸　[六]噆

剡惔憂也抩說文并持也○儋擔都甘切說文何也或从手文十二噡譫噡[七]頌語聸說文垂耳也南方有聸耳國通作儋甔罃也方言齊[八]東北海岱之間謂之甔通作儋耼聃耳曼也或从甘襜澹蹛胡名史記李牧破殺匈奴滅襜襤或作澹蹛繿緩也𧄍𧄍棘艸名○藍盧甘切說文染[九]青艸也亦姓文二十五濫[一〇]說文瓜葅也一曰水清籃𥳑說文大篝也古作𥳑懢嚂貪懢嗜也或从口儖儖儳皃惡[一一]𩈔𩈔長面[一二]皃鬑說文鬑長也擥取也爁[一三]訬延皃襤繿衣名說文裯謂之襤或从糸𢅡說文楚謂無緣衣䆾䆾䆲匾薄也璼玉名𨜘邑名在邾𠟶聚切也厱礛磖說文厱諸治玉石或作礛亦省𪈊𪈊鸛鳥名郭公也

[七]煩　[九]染　[一〇]葅青　[一一]𩈔　[一二]褸　[一三]也

〔一六〕臾　〔一七〕徃
〔一八〕甘
〔一九〕乞　〔二〇〕坎
〔二二〕甘
〔二三〕麔　麻

襤襜襤北胡别名⿰身監⿰身監艬身長皃⿰女監女名○三弎蘇甘切說文天地〔一五〕人之道
也从三數古文作弎文七參博雅參三也彡⿰巾彡衣破或从三鬖⿰髟監鬖獸毛垂皃
蔘蔘綏垂〔一六〕也○慙財甘切說文媿也或書作慚文十⿱斬手說文暫也或書作摲暫
須臾也⿱斬足徃〔一七〕也⿱斬面⿱監面⿱斬面面長皃鏨鏨也⿱斬鳥⿱斬隹鳥名博雅⿱斬鳥鷲鵰也或从
隹⿱斬女女名艬⿰身監艬〔一九〕身長○蚶⿰魚甘呼甘〔一八〕切蚌屬魁陸也橫縱其理五味自充炮則
羞或从魚文八⿰貝甘戲乞〔一九〕也通作歛婪貪也愛也憨⿰亻憨坎〔二〇〕愚也或作⿰亻憨坎歛
博雅欲也○坩甋枯甘〔二一〕切土器也或从瓦文二○〔二二〕甘凶卣沽三切說文美
也从口含一一道也古作凶卣文十八麔〔二三〕說文和也从甘从麻麻調也㤌心伏也通作甘

〔二四〕潘
〔二五〕媣　〔二六〕「山」林
〔二七〕麔
〔二八〕菾　〔二九〕「自」　〔三〇〕耼

泔粓說文周謂潘〔二四〕曰泔或从米⿰食甘⿰食甘也柑果名似橘疳病也笘竹名姏
老女稱媣媞〔二五〕也⿰山甘山名苷說文甘艸也⿰甘干南方〔二六〕山有⿰甘干樜林東方朔說通作甘
蜬蚶蠃之小者或作蚶○玵五甘切美玉也文四⿱雨甘霜也鉗刃也⿰甘隹
闕人名春秋傳有公子苦⿰甘隹○酣甘佄胡甘切說文酒樂也或省亦作佄文十四麔〔二七〕
和也邯邯鄲縣名亦姓⿰氵邯欿方言⿰氵邯或也沅澧之間凡言或如此者曰⿰氵邯如是一曰⿰氵邯湖不
定也或作欿炶炶⿰火甘火上行或作炶⿰火甘甝獸名爾雅甝白虎⿰魚甘蚶蛤也
或从虫⿱甘䖵桑葉〔二八〕上蟲○⿱甘面作三切面長皃文一○姏〔二九〕自謨甘切老女稱文二耼〔三〇〕
耳垂○緂充甘切女衣文一○笘七甘切竹箠文一○⿰彳占與甘切徐行也文一

〔三一〕鄔　〔三二〕謁　〔三三〕擔　〔三四〕汙

○黯烏〔三一〕甘切深隱也文二　喑喑啖少味　○聃乃甘切闕人名古有祝聃文三　訲多言　妠入取也〔三二〕　○剡市甘切搖馬具文一　○蚺汝甘切大蛇名出嶺表文六　訲訲邯縣名　餂相謂食　䫇須也　聃䶲龜甲邊或从黽

二十四　○鹽盬壛余廉切說文鹹也古者宿沙初作煑海鹽或省亦从土俗作塩非是文三十四　餤進也　檐櫩欄簷𦺾說文擔〔三三〕也或从閻从闌亦作簷𦺾　櫩木名膠可作香　閻說文閻謂之樀樀廟門也通作檐　䌫續也　閻

壛說文里中門亦姓或从土　憛惶遽也　佔徐行也　阽〔三四〕說文壁危也　爓說文火門也　瀶灩說文海岱之間謂相汙爲瀶一曰水進或作灩　襜衣蔽也　𤺺

〔一五〕耜　〔一七〕厭　〔一九〕饜　〔二〇〕苗　〔二二〕鍤　〔二三〕利　〔二四〕敬　〔二五〕銳

博雅傷創也　簷竹〔一四〕病不可析筤　鶓博雅鶓離怪鳥屬　罩利〔一五〕也詩以我罩耜徐邈說

讇過恭也禮立容辨卑毋讇　䫡面長也　㾫方言病也　棪木名　䁰甘味　𪉠禾也　𡡆女字　燫燫㸌火不絕皃　○懕猒厭於鹽〔一七〕切說文安也引詩懕懕夜飲或作懕厭文十二　〔一八〕猒飫饜說文飽也或从肙亦作饜　〔一九〕嬮說文好也　㤿說文㤿憸多意氣皃

嬐博雅美也一曰含怒皃　稽稽稽苗〔二〇〕齊等也　餤進也　憛博雅悇憛懷憂也　○〔二一〕銛錟思廉切說文鍤〔二二〕屬一曰刺也或作錟文三十六　纖穮纖艸不實　韱䪜艸名

說文山韭也或作韱　纖說文細也通作韱　纔縿繒名白經黑緯一曰綫也或作縿　嬐說文敏疾也一曰莊〔二四〕敬皃　孅說文兌〔二五〕細也　襳小襦　摻攕摻摻女好手皃或作

〔一六〕思　〔一七〕枊　〔一九〕末　〔二〇〕脽　〔二三〕剷

攕 譣說文問也引周書勿以譣人 憸說文憸詖也憸利於上佞人也通作思 思思〔一六〕說文疾利口也引商書相時思民或作思 彡鞴飾謂之彡 鬘髮也 暹日光升也 𩅰微雨或省 枮說文木也 瀸艸名百足也 蠘盡也 瀸爾雅泉一見一否為瀸 粘木名似松可為船及作柱埋之不腐郭璞說〔一七〕 釤刀名 獵獸名 䊰粉餌 𩆜〔一九〕毛也 𦢊脽也 櫼抑也〔二〇〕 鬖毿旌旗末也或作鬖毿 ○ 籤揃千廉切說文驗也一曰銳也貫也或作揃文十七 簽博雅簽〔二一〕籯籠也 僉說文皆也引虞書僉曰伯夷 憸博〔二二〕雅彊也一曰〔二三〕詖也 鋟鑯刻也春秋傳鋟其板或作鑯 槧削牘也 臉 𦢊埋倉脽也或从韱 剷切也 憸㦹也 鹼鹽在水曰鹼 孅巧佞也史記孅

〔二四〕㥏　〔二五〕帀　〔二六〕戕　〔二八〕鐫　〔三一〕懺栻　〔三三〕蘵　〔三四〕熸　〔三五〕錴　錟

趨而言 懺〔二七〕摽識也 鐱臿也 譣議也 ○ 𢦏〔二八〕將廉切說文絕也一曰田器文二十五 殲戕說文微盡也引春秋傳齊人殲于遂古作戕 鑯說文鐵〔二九〕器也一曰鐫也 鋟〔三〇〕尖博雅銳也或作尖 瀸說文引爾雅泉一見一否為瀸〔三一〕一曰洽也 漸流入也 霰霪說文小雨也或从水 嚵嚵嚵不廉 懺攕說文栻也或从手〔三二〕 櫼說文楔也 熸〔三三〕吳楚謂火滅為熸 蘄蘄蘄麥秀 蘵〔三四〕艸名百足也 湛漬也 禮湛饎必絜通作漸 𩅰𩆜說文微雨也或从韱 纖刺也 韱艸名山韭也 鋟 鋟鐫錐也或作鋟鐫 ○ 燅錴〔三五〕錟爓膶燖燂煔徐廉切說文於湯中爚肉或作錴錟爓膶燖燂煔文十六 撏攕撏摘也或从艸从尋亦書作攕 櫼

〔三八〕[illegible]
〔三九〕彡　〔四〇〕澂　簀　〔四一〕瞔
〔四三〕煥炙爛
〔四四〕塩

木名細葉　幋博雅幨〔三六〕幋巾也　閻鬼閻地名在潁川　[illegible]方言涔也　蘞〔三七〕菜名生山中
○潛漸慈鹽切說文涉水也一曰藏也一曰漢水爲潛亦姓或作漸通作涔文二十二　灊〔三八〕
縣名在廬江通作灊　灊說文水出巴郡宕渠西南入江　朁於朁縣名在丹陽　〔四一〕䰼鬵
爾雅䶍〔三九〕謂之鬵古从弜〔四〇〕　箔說文蔽〔四二〕絮漬也〔四三〕　瞔閉目内思也　燂博雅煥〔四三〕也一曰炙爛　熸
火滅　螹螹離蟲名一曰螹胡似猨　[illegible]塩〔四四〕肉也　燖爓炶沈肉於湯也或作爓炶
涔橬博雅㵎涔栫也或作橬通作潛　蘞艸名五原之韭曰蘞　撍摘也　[illegible]手瞎　[illegible]
嶜碞山皃　○纖師炎切纖纚毛衣皃文八　攕摻說文好手皃或作摻　幓縿韆
旗正幅爲幓或从糸亦作韆　䨢微雨　沴渰沴波皃　○苫詩廉切說文蓋也亦姓文六

〔四八〕[氵占女]

笘說文折竹箠也潁川人名小兒所書寫爲笘　痁說文有熱瘧引春秋傳齊侯疥〔四五〕遂痁　枯
木名　[氵占女]妗[氵占女]喜皃　蘉說文喪藉〔四六〕也通作苫　○襜韂袡襝〔四七〕處占切說文衣蔽前
一曰襌襦謂之襜或从韋亦作袡襝文二十五　幨裧惔憸車幨山東謂之常幃一曰潼容
或作裧惔憸　[illegible]袩佔衣動皃或作袩佔通作襜　緂說文白鮮衣皃　姑小弱也一
曰女輕薄皃　妗妗嫈喜〔四八〕笑皃　惉怗苫音敝不和或作怗苫亦書作惦俗作惉非
是　痁痕說文皮剝也或作痕〔四九〕　沾沾沾自整頓也　[illegible]多也　[illegible]馬急行
詀多言　笘小兒書簡一曰折竹箠　譫譫[illegible]吐舌皃　○詹之廉切說文多言也
一曰至也亦姓俗作詹非是文十六　瞻說文臨視也　占說文視兆問也亦姓　沾沾沾

〔五〇〕蝦　〔五一〕峯　〔五二〕蠤

〔五三〕合

〔五六〕言

〔五八〕秝

輕薄也　产仰也一曰屋梠秦謂之梋齊謂之产　蛅蟲名說文蛅斯墨也〔五一〕　蟾蟲名爾雅鼁䶂蟾諸似蝦〔五〇〕蟆居陸地　嶦〔五二〕峯　劊削也　點闕人名魯有曾點〔五三〕黰齊有鮑點　讝疾而寱語也　貼目垂也　蘦木名山海經爾谷之山多蘦〔五四〕棶　鶅鳥名山海經女祭山有鶅其色青黃　譫譫多言或从口　○棎棪〔五五〕時占切果名似柰而酢或从炎文八　撏取也或作探　蟾蟾諸蟲名　橬積柴水中取魚也　誸言不實　譋〔五六〕寱也

○顩鬑䫇毴毶如占切說文頰須也或从彡亦作䫇毴毶文二十三　冄秝〔五七〕誁冄毴〔五八〕皃古作秝　呥呥呥自安皃一曰噍皃　䎃䛢䎃長皃一曰吐舌　誁說文誁誁多語也樂浪〔六〇〕有誁邯縣　拈博雅持也　姌弱長皃　疳皮剝謂之疳　衻

〔六一〕郄　〔六二〕䶅

〔六三〕霖

〔六七〕鈲

〔六八〕善

〔六九〕望　〔七〇〕天燮

䌪博雅褘袡蔽厀〔六一〕也一曰衣下襈或从糸　枏木名說文梅也　䶃〔六二〕䶅說文龜甲邊也天子巨龜尺有二寸諸侯尺大夫八寸士六寸或从甲　蚺說文大蛇可食　蛅蛅蟴蟲名通作蚺　𢓜遲行也　𡖋鉆𡖋多也　餂楚謂相謁食麥為餂〔六三〕　○霑知廉〔六四〕切說文雨霂也通作沾文四　鉆鬼谷篇有〔六五〕飛鉆涅闍戚衺說　沾水名　黇黃色〔六六〕　○覘佔沾貼癡廉切闚也或作佔〔六七〕鉆貼文十二　䯉〔六八〕博雅䯉髻也　怗怗懘樂音不和或書作怗　鉆說文鐵鉗〔六九〕也一曰膏車鐵鉆　剹說文播馬也　銣銳也〔七〇〕　㛟說文姶也一曰姶婆喜笑皃　笘剡物使薄　閆小開門以候望也　○炎〔七一〕持廉切說文小熱也引詩憂心炎炎文四　詂言利美也　𪐉黃色或从炎　○廉廉槏𢉔離鹽切說文仄也一曰自

〔七二〕慊　〔七三〕籢　〔七四〕覝　〔七六〕网　〔七九〕籢　〔八〇〕冰

檢也又姓亦州名古作廲槏㾾文四十七　稴䆲　稴䅐不實〔七三〕或从廉　𤸎　臞疾　慊〔七二〕

𢅥　說文帷也或从廉　帘　酒家幟　轆　車輞　籢匳匲奩㡘　說文鏡籢也或作匳匲奩㡘　覝〔七四〕　說文察視也　鎌　說文〔七五〕鐖也一曰廉潔也　鐮　說文鍥也或从廉

燫爁　說文火煣車〔七六〕輞絕也引周禮煣牙外不嫌一曰火不絕皃或作〔七八〕爁　裣　襝襜衣〔七七〕垂皃　𪔵鼸擧　擊鼓謂之𪔵或从壴从手　礦　說文礪石一曰赤色　嫌　女字

䨩　說文久雨也　賺賺　博雅賣也或省　蘞　白蘞藥艸　蘞〔七九〕　艸名似栝樓一曰蔓也

濂　說文薄水〔八〇〕也一曰中絕小水　獫　爾雅犬長喙　蠊　說文海蟲也長寸而白可食一曰蚍名

斂　斂盂地名　蠊　蜚蠊蟲名輕小能飛　𤬖　博雅水芝瓜也其子謂之𤬖　簾

〔八二〕膁　〔八四〕膝　〔八五〕嵩　〔八六〕藍　〔八七〕菹　〔八八〕醅

說文堂簾也　薕　艸名說文蒹也一曰三薕味酸〔八一〕可食一曰薑也　鬑　說文鬋也一曰長皃　膁

脛膁〔八二〕也　縑　縿也　劆　輕刺也　譧　譧誁言不正〔八三〕　槏　艸木疎皃　○黏粘

溓　尼占切說文相著也或从米亦作溓文九　䬯　方言陳楚之外相謁而飧曰䬯　䵴　青䵴藥艸

地節也華佗說　鮎　魚名　秥　禾也　𢟪　心有所著　袡　蔽〔八四〕膝　○炎　于廉切說文火光上

也文三　惔　憂也詩如惔如焚　鵮　廣雅鵮離怪鳥屬　○淹　衣廉切〔八五〕說文水出越巂徼

外東入若水一曰漬也留也文十九　醃　博雅醃〔八六〕藍〔八七〕菹也　腌　漬肉也　醅〔八八〕　小聲　俺　愛也

㛪　女皃　閹　說文豎也宮中奄閽〔八九〕閉門者　殗　殁也　𨛖　邑名　崦嵱嵡　山名

山海經鳥鼠同穴山西南曰崦嵫或从弇从翕　菴葊　菴閭〔九〇〕艸名古作葊　猒　溼意詩猒

〔九二〕鈐
〔九三〕𨓅
〔九四〕柑　或作鈙
〔九五〕甾
〔九六〕劫
〔九七〕梠
〔九八〕祿

浥行露沈重讀 弇 弇中隘道 硽 石名 諵 諵消克當也一曰拏也 稴 稴稴禾苗美也
○㦰 丘廉切㦰倚意不安皃〔九一〕文九 鈐〔九二〕 曲頭鑿 嶔 廞 嵰 山高峻皃或从广亦作嵰
顩 顩顩醜皃 杴 檶 泄水器或从奩 匳 吳人謂盛衣櫝曰匳 ○黚 紀炎切水名南
至鼈入江在犍爲文二 𨓅〔九三〕 𨓅𨓅行不正 ○䶢 牛廉切齒差也文九 噞 䲓 噞喁
魚口動皃或从魚 礆 山名 膁 美也 䫡 顩䫡醜皃 嶮 嵰嶮山皃 㘙 呻也 巗〔九四〕
磛巗山皃 ○鑯 巨鹽切針也文一 ○箝 箝 其淹切說文籋也或作箝文三十三 拈
𢼄 說文脅持也或从攵 拎 博雅甾〔九五〕拎專職業也 靲 鞮也 鉗 鈷 說文以鐵有所劫〔九六〕束
也或作鈷 鈐 說文鈐鏞〔九七〕大犂也一曰類梠 聆〔九八〕 地名國語回祿信於聆隧 鑯 蒧 闕人

〔一〇二〕砭
〔一〇六〕栝

名春秋傳秦有鍼虎或作葴 帢 絟 布帛名或作絟〔九九〕 怜 怜惧心急也 黔〔一〇〇〕 說文黎也
秦謂民爲黔首謂黑色也周謂之黎民引易爲黔喙 伶 伶佅古樂人 黚 說文淺黃黑也 黬
麙〔一〇一〕 羊六尺爲黬或从鹿 苓 艸名 岒 山名 蚙 蝦蟹距也 雂 鴒 說文鳥也春秋
傳有公子苦雂或从鳥 衿 紟 衣系也或作紟 軡 軡中地名通作黔 柑 以木銜馬
口也春秋傳柑馬而秣之 鬵 去髮著鉗之刑 玪 玉名 厱 石地 穇 禾名 ○砭
砭〔一〇二〕 悲廉切說文以石刺病也或作砭文三 楓〔一〇三〕 木名似白楊 ○狎〔一〇四〕 箄 蒲瞻切闕
人名楚有史狎或作箄文四 溫 〔一〇五〕言栝也 杴 木名 ○妗 火占切說文妗〔一〇七〕姈也一曰喜笑
皃文十 𤷉 㾾 物毒喉中病或从兼 菳〔一〇八〕 菳辛味一曰菳稀藥艸 馦 甉 香也或省

〔一〕添　〔二〕⿰糸忝　〔三〕劅　〔八〕⿰白占　〔九〕⿰鼻占　〔一〇〕甛　〔一一〕⿰食甘　〔一二〕恬

⿰黃欠黃色　欿⿰咸欠貪欲或从咸　⿱咸糸口閉也

二十五〇沾他兼切說文水出壺關東〔二〕入淇一曰沾益也文十一　添〔一〕益也通作沾酟

〔四〕黇說文白黃色也　⿰糸忝〔三〕劅也　酟和也　⿰舌詹⿰舌毚⿰舌詹甜吐舌皃或作⿰舌毚　詀方言謰謱

〔五〕挐也南楚謂之詀讘　呫嘗也　㛳女字　苫青苦〔六〕藥艸　〇⿱髟占丁兼切⿱髟占鬑髮疎文十二

敁玷敁掇以手稱物或作玷　佔佔佂〔七〕下垂也一曰疲劇　詀詀讘巧言　祐〔八〕

衣祐也方言⿰衤肖謂之祐　⿰巾瓦⿰衤瓦領耑或从衣　聑說文小垂耳也　貼窺視也一曰目

垂皃　⿰鼻占〔九〕⿰鼻兼⿰鼻占鼻垂　䩞⿰面占⿰面甘面⿰面區　〇甜〔一〇〕⿰食甘〔一一〕徒兼切說文美也从甘从舌舌知甘者或

从食文八　怗〔一二〕說文安也　湉澶湉安流皃　菾菜名治病熱　⿱艹恬藥艸　胋⿰月舌

〔一三〕⿰耳兼貼　〔一四〕少　〔一五〕疎　〔一七〕色　〔一九〕⿰火柔网　〔二〇〕并

肥也或作⿰月舌　〇鬑勒兼切說文鬋也一曰長皃一曰⿱髟占鬑〔一三〕髮垂文十二　⿰黍兼禾黍疎皃　稴

說文稻不黏者　熑燫火不絕也或从廉　䁠〔一三〕䁠貼耳垂　鼸鼸䶍鼻垂　⿰黍少小〔一四〕也

濂溓中絕小水或省　磏礪石　槏〔一五〕艸木疎皃　〇鮎奴兼切魚名說文鰋也文〔一六〕

⿰食占說文相謁食麥也　拈說文𢫦也　〇馦⿰甘兼馨兼切博雅馦馦香也或省文九

𤸋蠚瘍也　妗說文婆妗也一曰喜笑皃　⿱艹欿〔一八〕辛毒之味　⿰黃欠說文赤黃也〔一七〕一曰輕易人

⿰黃欠姁也　⿱咸糸口閉也　欿博雅⿰咸欠欿欲也　⿸疒兼咳病　〇謙嗛苦兼切說文敬也或

从口文七　慊意不足　⿰兼艮⿰兼艮苦艱也　⿱咸糸持意堅固謂之⿱咸糸一曰口閉　熑煣輞〔一九〕也

⿰兼戈戈屬　〇兼⿰禾秉堅嫌切說文并〔二〇〕也从又持秝兼持二禾秉持一禾亦姓古从二秉文十二

〔一〕名　〔二〕穅
〔三〕嚴　〔三〕雄　〔四〕㬪　〔五〕輸　〔六〕檢

縑說文并絲繒也鶼鳥名比翼也稴穅稻不黏者一曰青稻白米或从米蒹
說文雚之未秀者䉒絲綱曰䉒鰜魚也說〔二〕文𨓏𨓏尬行不正搛夾持也
㾌喉病○嫌賢兼切說文不平於心也文六慊兼說文疑也或省通作嫌〔三〕槏
穅稻名或从米鰜魚名○涅其兼切鬼谷篇有飛鉆涅闇劉昌宗說文一○鬑
斯兼切髮垂皃文二攕拈攕手稱物
二十六○嚴〔三〕嚴魚杴切說文教命急也古作嚴亦姓文十一[艹嚴]艸名
巖厂〔四〕說文𡻕射所蔽者也或省巖厰嵌巖險也或省[氵嚴][氵嚴]凝寒也孍女字
嵒㟧嵒山皃蘞字林水中野韭○[車僉]〔五〕虛嚴切博雅被也文十二杴〔六〕檢欣

〔七〕蔹　〔八〕欽　〔九〕櫃　〔十〕美利　〔十一〕氾　〔十二〕戌

鍪屬或作檢欣秋禾傷肥[疒僉]㾌味毒喉中或从兼蘞〔七〕艸味辛毒熑字林
燂熇熱也蘞豨蘞艸名一曰天名精㢛庈櫃也或从欠○欦丘嚴切說文含
笑也一曰多智也文七鈐鍪屬刃曲㩎山穴間嵁嵁巖不平歛〔八〕欲也庈
擴〔九〕也壧地穴○醃於嚴切漬藏物也文四腌漬肉也剣刑也淹〔十〕久也○
黚其嚴切黃黑色易艮為黚喙文三鉗鐵束鈙鈙鼓不齊○黔居嚴切黃黑色
文一○产之嚴切仰也曰屋梠文一○[言利]直嚴切言美〔十〕利也文一○氾〔十一〕扶嚴
切水名文一
二十七○咸胡〔十二〕讒切說文皆也悉也从口从戌戌悉也亦姓文二十四諴說文

〔三〕不　〔四〕函
〔五〕椷
〔六〕藍
〔八〕薄
〔九〕鹿
〔一〇〕鳥啄

和也引周書丕〔三〕能誠于小民　鹹 說文銜也北方味〔四〕也俗从酉非是　函椷鋡 匱〔五〕也杯也或作椷鋡一曰木名亦姓　崡 山名在肴陵　轗 車聲　麙羬 說文山羊而大者細角或从羊　騝 騝驪縣名通作咸　鰜鰔 魚名或从咸　蠊蝛 海蟲或作蝛　稴 稻不黏者或从米　涵 同也詩僭始既涵鄭康成讀　葴 艸名爾雅葴馬藍〔六〕今冬藍也　瑊 瑊功石次玉者　䎗 䎗翻疾飛也　椷 趙魏謂杯曰椷　鼛 鼓聲　鹹 口持〔七〕不齧

○歁欦 虛咸切含笑也或从今文十一　妗 女輕薄〔八〕皃通作歁　酟 酟酟小頭〔九〕　醶 鹵味　蝛蠊 蛤屬或从兼　喊 呵也〔一〇〕　谽谺 谽谺谷空皃或作谺　麙 羊絕有力

○鵮欿歁 丘咸切鳥啄物也或作欿歁文十　歁 意不滿　嵁 嵁巖不平

〔一一〕顱
〔一二〕歛　〔一三〕坙
〔一四〕塹
〔一六〕晢　〔一七〕底
〔一八〕定　〔一九〕黔
〔二〇〕色

嵌 山穴間　顑 頭頰長也　轗 車聲　膁 牛馬肋後胯前　䫡 䫡䫡醜皃　○緘 居咸切說文東篋也文十八　緘喊〔一二〕 說文監〔一三〕持意口閉也或从口　玪瑊 說文〔一四〕玪塾石之次玉者或从咸　椷 說文篋也一曰栝也　䊞 塗也　䶢 鹹也　傔〔一五〕 說文不正也

黬黬 說文雖晢〔一六〕而黑〔一七〕古人名黬字晢一曰釜底黑或作黬　緘 棺傍所以繫紼者齊人謂棺束爲〔一八〕咸繩禮大夫定以咸通作緘　鹹 說文黃蟲也　黚〔一九〕 說文黃黑也　轗 車聲　蒹 藋未秀者　葴 艸名藍屬　鰔 魚名

○㹤 於咸切說文竇中犬聲文四　湆 没也　黯 深黑色〔二〇〕　揞 方言摩滅〔二一〕也荊楚曰揞

○嵒〔二二〕 魚咸切說文山巖也文十三　𧫲諴 戲言一曰和也或作誠　喦 說文多言也引周書畏于民喦孔安國曰僭也取參差不齊之意　䫡 說文

【二三】巖熊

【二六】差

【二九】播

【三〇】雪

【三一】讒　【三二】互

頭頗長也 ⿰齒咸 齒高皃 ⿰骨咸 骨咸骨高皃【二四】 黬 黑色【二五】 ⿸虍咸 雄虎絕有力者 羬

【二七】麙 郊羊其大者羬麙或作麙 ⿰犭咸 羊牝謂之⿰犭咸 ⿰齒兼 齒差【二六】也 ○ 攕 摻 ⿱臼手【二八】 師咸切說文好手皃引詩攕攕女手或作摻⿱臼手文十七 摲 芟也禮有摲而播【二九】 櫼 木名 ⿱雨韱

【三〇】⿱雨戔 ⿱雨彡 細雨謂之⿱雨韱或作⿱雨戔⿱雨彡 毿 毛長皃 鬖 鬖髿髮垂皃 ⿰犭參 犬容頭進也

⿰參彡 闕人名晉有沙⿰參彡樓國帥【三一】⿰參彡加 ⿰目參 ⿰目彡 暫見也或省 ⿰口參 哈⿰口參物在【三二】口中 ⿰車韱 車聲

楈 木名 ○ 讒 鋤咸切說文譖也文二十五 儳 說文儳互不齊也 嚵 說文小啐也一曰喙也 纔 說文帛雀頭色一曰微黑色如紺纔淺也 饞 饕也 ⿰齒毚 ⿰齒毚⿰齒韱齒高 ⿰鼻毚 ⿰鼻毚⿰鼻毚高鼻 攙 刺也 韂 馬韂也 鏨 鏨屬 酁 說文宋地也 瀺 瀺灂水落

【三三】艦　【三四】謕

【三五】也

【三六】七

【三七】才　【三八】亰　【四〇】尖

【四一】口

皃 毚 ⿰犭毚 說文狡兔也兔之駿者或从犬 ⿱雨眾 小雨 獑 ⿰虫斬 獑猢獸名似猿或从虫

⿰鼠韱【三三】 博雅鼠名黲黑 ⿰黑毚 刑書謬也 鏩 鏩鏩銳進皃 蔪 麥秀 ⿰忄毚 吝也 ⿰毚欠

笑也 ⿰身毚 ⿰身監【三四】⿰身毚身長 ⿰暫刂 刺也 ○ 詀 知咸切南楚謂謰謱曰詀讘【三五】文六 酟 酟酟

小頭 站 䞡 坐立不動皃或从走 ⿰鹵占 鹹也 ⿰占鳥 鵮啄物 ○ 諵 喃 娚 尼咸切諵語聲或作喃東暫作娚文四 淰 水濁 ○ 菱【三七】 士咸切博雅蕆也文一 ○ ⿰魚今

牛【三八】咸切魚名文一 ○ ⿰彳占 弋咸切徐行也文一 ○ ⿰忄咸 湛咸切不安也文一【三九】 ○ 【四〇】⿱小火

壯咸切銳【四一】也文二 ⿰暫刂 刺也

二十八 ○ 銜 行 乎監切說文馬勒口中从金从行銜行馬者也或省文十一 譀

〔四〕苐
〔五〕魚

誕也艹調也甉瓦施屋也蚶蟲名食瓜者嗛咁說文口有所銜也或作咁𧗱艸名嵌嵌喦深谷酓酟酓小頭㶍漬水沾物○監譼䁪居銜切說文臨下也古从言或作譼文十䁪說文視也通作監鑑鑑諸可以取明水於月或書作鑒𠟊膁切也礛厱礛諸礪也或作厱璼玉名㽉大甕○嵌嵰嶔廞丘銜切嵌巖山嶮或从兼亦作嶔𡾋文七𡾰𡾰䶫骨高皃厱山穴間𧗱艸名菜屬○巖嚴險思銜切說文岸也一曰險也或省亦作險文九䶢說文齒差也𪙺𪙺𪙺齒高礹說文石山也嚴嚴說文呻也或从巖壧穴也○衫師銜切小襦通作衫文二十四縿幓襳襂𧜟說文旌旗之游也一曰正幅或作幓襳襂𧜟通

〔七〕鞍
〔八〕秡
〔九〕木
〔十一〕礹

作𩋛衫𩋛鞍〔七〕馬鞘垂皃或作鞍彡說文毛飾畫文也髟髟髟長髮𣚁〔八〕煔杉說文木也或省亦作杉芟蔪說文刈艸也或作蔪纔帛青色穇穇穇禾穗不實犙牛三歲〔九〕𩂣𩅥細雨謂之𩂣或从戔剼刈也漢有剼胡子萩〔八〕禾肥曰萩槮森槮禾長皃㺑犬容頭進也○欃初銜切爾雅彗星為欃槍通作攙文十攙博雅銳也〔十〕一曰刺也毚兔辰星別名或省𩕳鑑𩕳頭皃鼸鼠名黑耳白腰者讒讒言也劖抄也𪕚𪕚𪕚少也纔帛紺色〔十一〕○巉嶃漸鋤銜切巉巖高也或作嶃漸亦書作嶄文十五磛說文礹石也或書作磛鑱鈐說文銳也一曰犂鐵劖說文斷也一曰剽也剗也艬博雅䑣艬舟也欃𣟨爾雅彗星或从岑

〔一三〕顛　〔一四〕𥝬

〔一〕括　弓　〔二〕溫　𨺅之　〔三〕帆

爲欃槍一曰木名或省 巉地名 獑犬聲 蠺蟹屬 䨻面長醜皃 儳儳互不齊

○獑在銜切獸名獑猢類猿而白腰以前黑文三 㳻虦跡水也 纔帛雀頭色 ○𨅊

皮咸切涉也或書作𨗨文三 湴行淖中也〔一三〕 溯徒涉也 ○鑑力銜切鑑顲頭皃文三〔一四〕

䰕鬖䰕少也 鬛鬛鬖髟長皃 ○𩑞而銜切頰須也莊子黑色而𩑞文三 冄𥝬

毛長皃古作𥝬 ○漸側銜切流皃楚辭涕漸漸兮文三 𪖌皐高皃 𧢳避也 ○

讝女監切病人自語也文一

二十九 ○凡符咸切說文最括〔一〕也从二二偶也从了了古及字亦姓文十七 仉

博雅仉懱輕也〔二〕 温温遥䀀之博雅杯也或作盌盌亦省 帆颿舟上〔三〕幔所以汎風或

〔四〕水　〔五〕凡

〔五〕𢼄敂　〔六〕欦

作艉通作颿 舥杷博雅舥謂之舥或作杷 氾水名一曰地名在鄭亦姓 柉木名

皮可爲索 渢渢渢中庸之聲 颿馲說文馬疾步也或从凡 邧地名 杋木名俗呼

此木皮曰木桴 ○芝甫凡切說文艸浮水中皃文八 温盃也〔四〕 風風也 杋楓木名

或从風 氾水名 詃言急 湴深也 ○顩頷顮頠丘凡切顩頭醜皃或

作領顩頷文十 欦欲也〔五〕 鈐鑒屬曲刃 𢼄敂𢼄不齊〔五〕 𢊾庈櫃也或从欠 欦〔六〕

乡智也含笑也 ○炎于凡切火光上也文一 ○𤥐亡凡切玉名文一

集韻卷之四終

楝亭藏本丙戌九月重刊于揚州使院